JN179933

集英社オレンジ文庫

あやかしに迷惑してますが、一緒に占いカフェやってます

瀬王みかる

本書は書き下ろしです。

あやかしに迷惑してますが、一緒に占いカフェやってます

Contents

イラスト／小田すずか

プロローグ

秋晴れの心地よい朝。

近くに高校があるので、その大型スーパーの前は学生達の通学路になっている。

敷地前には駐車スペースがあり、道路に面した入り口付近に、今まで見たことがない小型ワゴンが一台停車していた。

黄色を主体に、パステルカラーでペイントされた車体は、その丸みを帯びた形状と相まって可愛《かわい》らしく、ポップな印象だ。

いわゆる、昨今流行《はや》りのキッチンカーである。

そのボディには、『占いカフェ　K』と店名のロゴが入っていた。

黒板には丸っこい手書き文字で『本日のお勧め　自家製レモネード』と書かれている。

メニューはタピオカミルクティーやはちみつジンジャーエールなど、こだわりのドリンクが主体で、フードはクッキーやマドレーヌくらい。

どうやらドリンク専門店らしい。

大きく開けられた窓はいかにも手作りといった感じでデコレーションされ、木製の簡易カウンターが設置されている。

カウンターと揃《そろ》いの材質でできた、小さな丸椅子《まるいす》が二脚置かれていて、テイクアウトだけでなくその場で飲むこともできるようだ。

「あれ、あんなとこにキッチンカー出店したんだぁ」

登校途中、その前を通りかかった女子高生三人組の一人が声を上げると、別の一人が手を叩く。

「あ、私知ってる！　あれって占いカフェなんだって。先輩が昨日占ってもらったら、すごい当たってたって言ってたよ」

「占いカフェ？」

「ドリンク一杯買うと、なんでも一つ気になることを占ってくれるんだって。先輩は、今カレにあんまりかまってもらえなくて悩んでたんだけど、相談したら別にもう一人彼女がいるからやめた方がいいって言われたらしいよ」

そんな彼女らを前に、車内から降り立った青年はカウンターにクッキーやマドレーヌを入れた籐籠《とうかご》を飾って開店準備を進める。

「半信半疑だったんだけど、カマかけて彼氏問い詰めたら、二股《ふたまた》かけてたことあっさり白状したんだって」

「え～、すごい！　そんなに当たるんだぁ」

「気になる～。ね、今度、皆で寄ってみようよ」

彼女らの会話は青年の耳に筒抜《つつぬ》けで、彼はにっこり愛嬌を振りまく。

「夕方までいるから、よかったら寄ってね」

すると、彼女らの間で黄色い歓声があがった。

「やだ、店主イケメンじゃ〜ん！」

「は〜い！　今度寄りま〜す」

「ヤバっ、遅刻するよ。急がなきゃ！」

きゃっきゃとふざけ合いながら、始業時間が迫ってきたのか、彼女ら三人は小走りに校門の中へと駆け込んでいく。

そして、そんな友人達の後を少し遅れ、同じ制服姿の女子高生が淡々とついていった。

色白で大人しそうな、ストレートの髪を肩口で切り揃えたショートボブがよく似合う子だった。

そんな仲良しグループの登校姿を見送り、青年は晴れ渡った空を見上げ、大きく伸びをした。

年の頃は、二十歳《はたち》を少し出たところだろうか。

細身で清潔感のある容姿は、いかにも今時の若者だ。

白シャツに黒のギャルソンエプロン、頭には黒のキャスケット帽を被《かぶ》っている。

どうやら彼が、このキッチンカーの店主らしい。

「元気いいなぁ。女子高生見てると世代のギャップ感じるよ」

「ふん、まだいくつも年が違わぬくせに、一人前になにを言っておるやら」

「やっぱスーパーと学校のそばは売れ行きいいな。ここに出店させてもらって正解だったね」

店主が商品受け取り口のカウンター前にパラソルを立て、てきぱきと準備を進めながら話しかけているのは、車内でスマホを弄《いじ》っていた青年だ。

こちらは二十六、七歳くらいだろうか。

男性にしては長めの黒髪を後ろで一つに束ね、いでたちは店主と似たようなものなのだが、なんとも言えぬ独特の雰囲気《ふんいき》を醸《かも》し出している。

切れ長の一重《ひとえ》の瞳が少し冷たい印象を与えるが、長身ではっと人目を引くほどの美青年だった。

「ふん、小雀《こすずめ》がぴいちくとかしましいことよ」

「こら、お客さんのことディスるのはやめろよな。ってか、手伝えよ。スマホもう貸してやんないぞ、白蓮《びゃくれん》」

それは『白蓮』と呼ばれた美青年にとっては最強の脅《おど》し文句だったらしく、熱中していたスマホゲームを切り上げ、渋々動き出す。

「まったく、いつもいつも我をこき使いおって。これは圭寿《けいじゅ》の店だろうが」

「働かざる者食うべからずだろ～。文句言うなよな」

あきらかに美青年の方が年上に見えるのだが、店主である『圭寿』の口の利《き》き方はまったく遠慮《えんりょ》がない。

そして、少々風変わりな口調の美青年もそれを咎《とが》めるでもなく、飄々《ひょうひょう》としていた。

今日のお勧めは、無添加レモンをたっぷり搾《しぼ》ったお手製レモネードだ。

天気もよく、気温も高めなので秋口にしては売れるだろう。

最後に圭寿が店の前に立てたお手製看板には、『ドリンク一杯ご注文でなんでも一つ占います』と書かれていた。

平日の昼間は、スーパーに買い物に来た小さな子ども連れの母親達で賑《にぎ》わい、そこそこ数が出る。

フード類をほとんど取り扱わないこの店の特徴は、なんといってもドリンク一杯買うと一つ気になることを占うサービスをすることだ。

フードを販売しないのは、調理してしまうと占いをする余裕がなくなるからである。

女性はとかく占い好きなので、必要ないと断る人はほとんどいない。

母親達の相談ごとは夫や姑《しゅうとめ》の愚痴《ぐち》が多く、解決策を求めるというよりは見知らぬ他人にただ吐き出したいという気持ちが強いようだ。

なので、圭寿は丁寧《ていねい》に話を聞いてやる。

『イケメン二人がやっているキッチンカーの占いカフェ』の噂《うわさ》はすぐ近所に広まり、好奇心半分、期待半分といった客達がぽつぽつ訪れた。

そして、夕方。

終業のチャイムが鳴り、高校が下校時刻を迎える。

さぁ、ここからがかき入れ時だ。

下校途中の女子高生がちらほらと立ち寄り、ドリンク片手に相談してくるのは、やはり恋愛ごとが多い。

数人の客をてきぱき捌《さば》き、いったん落ち着くと、今朝の仲良しグループが校門から出てきた。

「私、今日バイト。じゃあね～」

「私は塾あるんだ。また明日ね」

別れの挨拶《あいさつ》を交わし、皆それぞれ違う方向へと走っていく。

すると、今朝のように彼女達から少し遅れて、あの大人しそうなショートボブの子がとぼとぼと歩いてきた。

誰も彼女には挨拶をしないので、寂しそうだ。

そこで圭寿は、彼女に向かって手を振った。

すると、それに気づいた女子高生は胡散臭《うさんくさ》そうな表情を浮かべながらも、こちらへやってくる。

「こんにちは、ドリンクいかがですか？　今日のお勧めは無添加レモネード！　一杯頼むと一つだけ無料で占いますよ」

明るい営業トークに気圧《けお》されつつ、ショートボブの彼女はうつむき、しばらく考え込んだ後に「……それじゃ、レモネードのMサイズ一つ」と言った。

「ご注文、ありがとうございます！」

さっそくドリンクの支度《したく》をすると、座ってスマホを弄っていた白蓮が『またか』という顔をして、ふんと鼻を鳴らす。

白蓮がまったく接客業に向いていないのはもうわかっているので、圭寿はそれを無視した。

レモネードを注いだプラカップはオリジナルで作ったもので、圭寿がデザインした店のロゴが印刷されている。

ストローを添えて出してやると、彼女は空いているカウンターの椅子に座り、レモネードを一口飲んだ。

「……おいしい。手作りのレモネードって、初めて飲んだけど、こんなにおいしいのね」

と、少し驚いたように告げる。

「なにが知りたいの？」

「……別にないわ。どうせ私の人生なんて、こんなものだもの」

彼女はうつむき、ストローを弄った。

「仲が良かった友達に、急に無視されるのも、よくある話でしょ？　原因はわかってる。たぶん、私が入院ばっかりしてるから。私、子どもの頃から病気がちで、高校も一年留年してるの。ほら、その場にいない人が仲間はずれにされるって、ありがちだもの。だから、ショックなんかじゃない」

そう、彼女は自分に言い聞かせているようだった。

「きみは、それでいいの？」

「無視されて、いないように振る舞われても、グループに属してないとなにかと不便だから」

言ってから空《むな》しくなったのか、彼女は押し黙った。

「とにかく、占いはいらないから」

もう一度そう言い、彼女は帰っていった。

彼女が注文したレモネードは、そのままテーブルの上に残されている。

すると、「面倒ごとにまた首を突っ込みおって」と白蓮がスマホの画面から目線を上げずに呟《つぶや》く。

「別に白蓮に迷惑かけてないだろ」

そう抗議した圭寿が「それよか、最近アプリゲームの課金し過ぎだぞ」と突っ込むと、白蓮は肩を竦《すく》めて見せ、「やぶ蛇だったか」と嘯《うそぶ》いた。

「いやいや、それで済ませるなよ？　料金払ってるのこっちなんだからな？　先月の明細、二度見したぞっ」

「細かいことを気にするでない。禿《は》げるぞ」

「そのストレスの原因が自分だって自覚はなしですか？」


翌日も同じ場所で開店していたが、放課後になるとまた昨日の女子高生がやってきた。

「やぁ、いらっしゃい」

と、圭寿は笑顔で迎える。

「……あの、レモネードおいしかったから、Mサイズ一つください」

「毎度ありがとうございます！」

彼女は昨日と同じように椅子に腰掛けてレモネードを飲みながら、そわそわと校門を振り返り、なぜかそちらを気にしている。

「あの……昨日はああ言ったけど、やっぱり一つだけ、気になることがあるの」

「いいよ、なんでも聞いて」

圭寿の言葉に背中を押されたのか、彼女は「……ちょっと、待って」と言い置き、なにやら思い詰めた様子で校門を見つめ続けた。

しばらくして、校門から一人の男子高校生が出てくると、彼女は思わずといった様子で立ち上がった。

「あの人に……付き合ってる人がいるのか知りたい」

そして、思い詰めた様子でそう告げる。

「いないよ」と即答する圭寿。

そのあまりの早さと迷いのなさに、彼女は目を丸くした。

「どうしてわかるの？」

「信じてくれなくてもいいけど、僕はあちらの世界の人と話ができるんだ。今回は彼の守護霊さんに聞いたよ」

それが本当ならいいと思ったのか、彼女はほっとした様子で好きな人の背中を見送る。

やがて彼の姿が見えなくなると、ぽつりと言った。

「しょっちゅう入退院繰り返してて、なかなか友達もできなくて寂しかった。でも彼は……そんな私に話しかけてくれたの」

「それで告白できなかったから、それが心残りなんだね？」

「え？」

圭寿がなにを言っているのか、理解できないというように、彼女は眉《まゆ》をひそめる。

「亡くなった人は皆、四十九日《しじゅうくにち》までにこの世との決別を自分でつけないと、『上』へはあがれない。もうすぐきみの四十九日なんだろう？」

「……あなた、なに言ってるの？　私はすっかりよくなって、もう学校だって通ってるのよ!?」

圭寿の言葉に怒ったのか、彼女は飲み終えた紙コップをカウンターに叩きつけるように置いた。

だが、飲んだはずだと思っていたレモネードは中身がまだ残っていて、零《こぼ》れてしまう。

「え……？」

なにかが、おかしい。

彼女が困惑していると、ちょうどそこへ昨日朝見かけた、仲良しグループの三人がわいわいと圭寿の店にやってくる。

が、先にいた彼女には誰も気づかない。

「こんにちは～。今日はバイトないから、占ってもらいに来たんだ～」

「いらっしゃい。ご注文は？」

「皆、なににする？」

わいわいとメニューを決め始めた三人だったが、うち一人が彼女がカウンターに置かれた紙コップを見て、「前のお客さんの、捨ててないよ～」と圭寿に声をかけた。

明らかに自分が見えてない対応の友人達に、傍《かたわ》らに立ち尽くした彼女は茫然自失《ぼうぜんじしつ》だった。

女子高生達はそれぞれドリンクを注文し、好きな人に彼女はいるか、などと恋愛相談をして「すごい当たってる～」「二人ともかっこよかったね。通っちゃう？」などとはしゃぎながら帰っていった。

後には一人、彼女だけがぽつんと取り残される。

「そっか……皆に無視されてたの、いじめじゃなかったんだ。単に、もう私のことが見えなかっただけなんだね」

悲しげに呟き、彼女はうつむく。

「どうりで身体《からだ》が楽になったと思った。やっぱり私、死んじゃったんだぁ……」

悔《くや》しい、悲しい。

結局、彼に告白できなかった。

ちゃんと恋をして、デートだってしてみたかった。

そんな彼女の無念さが、圭寿の胸にひしひしと伝わってくる。

彼女はぽろりと涙を零し、それを圭寿に見られるとふっと消えてしまった。

「あ～……説得する前に逃げられちゃった」

「放っておけ。お節介《せっかい》が過ぎるぞ」

白蓮にはまたそう釘を刺されたものの、圭寿はまだあきらめたわけではなかった。


翌朝。

彼女は朝と夕方になるとまた通学路に現れ、ぼんやり同じ高校の生徒達が行き来するのを眺めている。

もはや自分がこの世の者ではないと自覚しても、彼女の望みは好きな人の姿を遠くから眺めることだけのようだった。

「まだ上に行く気になれない？」

そう話しかけるが、彼女は返事をしない。

すると、白蓮が短く舌打ちした。

「このままだと、そなたは地縛霊《じばくれい》になるぞ」

「白蓮、言い方」

圭寿が白蓮を窘《たしな》めるが彼女の返事は「……それでもいい」だった。

「地縛霊になってもいいから、ずっと彼を見ていたいのはいけないことなの？　別に、誰にも迷惑かけてないんだから、いいじゃない！」

「怨霊《おんりょう》化すると、もうきみという人間の意識はなくなり、他人を呪ったり災《わざわ》いを振りまいたりするだけの存在になり果てるんだよ。そんな姿を、彼に見せたくないだろ？」

圭寿がそう宥《なだ》めるが、彼女はまったく納得した様子はなく、むっと押し黙った。

「私……子どもの頃から病院ばっかりで、友達と走り回って遊ぶこともできなくて。普通の子が当たり前にできる楽しいこと、ぜんぜん経験できないまま死んじゃったのに……。

好きな人のそばにいるくらい、いいじゃない……」

白蓮は『打つ手なし』と言いたげに肩を竦め、圭寿も返事に困る。

すると終業のチャイムが鳴り、帰宅する生徒達が次々と校門から吐き出されてきた。

そこへ、例の男子高校生が一人で通りかかったので、彼女がはっと反応する。

好きな人の登下校の、ほんのわずか数分、彼を見つめるだけ。

それだけがよすがの彼女が、ひどく哀れになる。

「ちょっと、そこのきみ」

とっさに圭寿は声をかけ、男子高校生を呼び止めた。

細身の長身で、理知的な風貌《ふうぼう》な子だ。

「俺、ですか？」

「そう、きみ。新作ドリンクの試飲《しいん》お願いしてるんだけど、一杯どう？」

そう声をかけると、彼は少し迷った後、「それじゃ……」とキッチンカーへ歩み寄ってきた。

「ちょっと!?　どういうつもり？」

圭寿の意図がわからず、彼女は慌てふためくが、当然彼には見えない。

「座って、ゆっくりしてって」

圭寿に勧められるまま、カウンター前に座った彼は、なんだか覇気《はき》がなかった。

「はい、お待たせ！　自家製レモネードです」

小さな椅子《いす》は二つあり、彼は右に座ったが、左の椅子のそばには彼女が固唾《かたず》を呑《の》んで立ち尽くしている。

が、むろん彼はその存在に気づくことはなく、レモネードを受け取ってストローでそれを飲んだ。

「味はどう？」

「……レモネードって初めて飲んだけど、おいしいです。思ってたより、そんなに酸《す》っぱくないし」

試飲させてもらったのでなにか感想を言わなければいけないと思ったのか、彼は真面目《まじめ》にそう答えてくれた。

「元気がないね。なにか悩みごと？　よかったら占いもサービスするよ」

「占い……？」

ここが占いカフェだとは知らなかったらしく、きょとんとしている彼に、看板を指し示す。

「相談じゃなく、愚痴《ぐち》を話すだけの人もいるよ。一つ、きみが気になってることや知りたいことを占うから、なんでも聞いて」

「いや、僕は……」

最初は興味なさそうなそぶりだったので、圭寿はこう告げる。

「信用ないか。そしたら、試しに一つ当ててみせるよ。きみ、身近で誰か亡くなっているよね？　ここ一ヶ月半くらいの間……かな？」

圭寿がそう思わせぶりに言うと、彼は驚いたように目を瞠《みは》り、「どうしてわかるんですか？」と聞いた。

「僕の占い、当たった？」

「……実は先月、クラスメイトの女子が、病気で亡くなったんです。少ししか話したことなかったけど、なんだかショックで」

圭寿の誘導で自分の話が出たことに、彼から少し距離を置いて立ち尽くしていた彼女が息を呑むのがわかった。

彼の話によれば、もうすぐ彼女の四十九日だと担任教師が話していたのを聞き、しんみりとした気分になっていたところだという。

「その子のこと、ちょっと気になってたんだ？」

圭寿がそう水を向けると、「いや……よくわかんないんですけど」と彼は照れたように言葉を濁《にご》した。

そしてしばらく考え込んだ後、「あの、そしたら一つだけ占ってもらっていいですか？」と尋ねる。

「いいよ、なんでも聞いて」

圭寿がそう請け負うと、彼は少しためらった後、口を開いた。

「その子は、天国でしあわせになれますか？」

自分のことではなく、ほとんど言葉を交わしたことすらなかったクラスメイトのしあわせのことを気にしている彼に、圭寿は良い子だな、と思った。

「なれるよ、きっと」

圭寿がそう言い切ると、彼は「どうしてそう言い切れるんですか？」と、やや疑い深げに尋ねた。

「僕の占いによれば、彼女には少しだけ心残りなことがあって、なかなか天国へ行く気になれなかったんだ。でも、それがようやく解消されて、今は安らかな気持ちになっているはずだよ」

「……だったら、いいんですけど」

そこで、圭寿は空いている席にもう一つ、レモネードを置いた。

「これは?」

「彼女の分だよ」

そのレモネードと圭寿を交互に見つめた彼女は、やがてためらいながらもそっと彼の隣の椅子に腰掛ける。

彼には、彼女の姿は見えないけれど。

静かに、並んでレモネードを飲む二人は、最初で、そして最後のデートを味わっているかのように圭寿には見えた。

「ご馳走《ちそう》さまでした」

やがてレモネードを飲み終えた彼は、圭寿達に礼を言って帰っていった。

その後ろ姿をじっと見送りながら、彼女はぽろりと涙を零《こぼ》す。

「いい子だね」

「……でしょ? 私が好きになった人だもん」

手の甲で涙を拭《ぬぐ》い、彼女は初めて晴れ晴れと笑った。

「はぁ、なんかすっきりしちゃった。私、もう行くわ」

「そう」

これで彼女の心残りがすべてなくなったとは思わないが、彼女が自分でそう決めたならそれでいいと圭寿は思う。

最後に彼女は、ぺこりと圭寿達に向かって一礼した。

「生まれて初めてのデートを体験させてくれて、ありがとう」

ふわり、と浮上した彼女の魂が木漏《こも》れ日《び》の中、空に消えていくのを、圭寿は眩《まぶ》しげに目を細め、じっと見送る。

「いっちゃったね。彼が望む通り、天国でしあわせになれるといいな」

「ふん、高校生の甘酸《あまず》っぱい恋か。しかし、他人の世話を焼いている場合か？」

一連のやりとりを興味なさげに眺めていた白蓮が、キッチンカーのボディに貼られている大きなポスターへ視線をやる。

それは圭寿が作ったもので、『この男性を捜しています』という見出しと共に、一人の男性の顔写真が掲載されていた。

五百城《いおき》保《たもつ》。

それは圭寿の父親だった。

普段はなるべく思い出すまいと努めていても、その現実は常に圭寿の心に重くのしかかっている。

圭寿の機嫌が悪くなったのを察し、白蓮が平素のシニカルな笑みを浮かべた。

「こんなことをしていて、保が見つかるのはいったいいつになることやら」

「うるさい、黙れ。このストーカー妖怪！」

圭寿に悪態をつかれてもどこ吹く風で、白蓮はふっと実体化を解き、一瞬にして姿を消す。

そして、次に現れた時には圭寿とお揃《そろ》いの制服ではなく、平安時代の貴族が身につけていた直衣《のうし》姿だった。

背中まで滑る、絹糸のごとき白銀の長い髪に、燃える炎のような双眸《そうぼう》。

一見すると人間に見えるが、その爪は長く、獣のように尖っている。

酷薄《こくはく》に微笑《ほほえ》むと、鋭い牙が覗《のぞ》くが、そのぞっとするほどの美貌《びぼう》は変わらない。

古くから、あやかしは人をたぶらかすために魅惑的な容姿をしているという。

見る者の心を奪う、不思議な魅力を持ったあやかし。

これが白蓮の霊体で、本来の姿だった。

「ああ、また！　どこで誰が見てるかわかんないんだから、外で霊体化すんのやめろって言っただろ！」

「ふん、我がそなたの命を聞く義理はない。我に命じてよいのは『常盤様《ときわ》』だけだ」

そう嘯《うそぶ》くと、白蓮は偉そうに圭寿を睥睨《へいげい》する。

「よいか、圭寿。我らがあやかしか、はたまた神か魔物かは、すべて人が決めてきたことよ。己に都合が悪ければ災いと見なされ、己に利があれば神と崇《あが》め奉《たてまつ》る。まっこと人間というのは都合のよい生き物よな」

そう吐き捨て、白蓮はふっと消えてしまった。

「まったく、気まぐれなんだから……」

ぶつぶつ文句を言いながら、圭寿はやむなく一人で店じまいを始めるのだった。

第一章

訳あって、もれなくあやかしがついてきます

それは遥《はる》か昔から、五百城《いおき》家に代々伝わる伝承、もとい昔語りだ。


数百年前、時は戦国時代。

とある山間《やまあい》の小さな村に、貧しい男・弥彦《やひこ》が暮らしていた。

弥彦は流行《はや》り病《やまい》で早くに家族を亡くし、たった一人で山に入り、猟師《りょうし》をして細々と生計を立てていた。

そんなある日、弥彦は山奥でボロボロに傷ついた若い娘を見つける。

娘を家へ連れ帰り、介抱したが、目を覚ました娘は記憶を失っていて、自分がどこの何者なのかも忘れていた。

いくあてのない娘はそのまま弥彦と共に暮らし、やがて愛し合うようになった二人の間には男の子が生まれた。

弥一《やいち》と名付けた息子を、二人はとても可愛《かわい》がり、貧しいながらも一家はしあわせだった。

弥彦はうすうす妻が普通の人間ではないことに気づいていたが、今のしあわせを失うのが怖くて、知らないふりを続けた。

その頃、村はひどい干ばつで作物が育たず、飢饉《ききん》が訪れようとしていた。

人間として暮らし、子まで産んでいた娘は、本当は近隣でその名を知られた強大な力のあるあやかし一族の長《おさ》・常盤《ときわ》で、あやかし同士の勢力争いで傷つき、逃げのびたところを弥彦に救われたのだった。

やがて自分があやかしであることを思い出した常盤は、妖力を使って村に雨を降らせ、人々を飢えから救った。

だが、それにより常盤があやかしだと村人に知られてしまったので、弥彦一家は迫害されそうになる。

自分がそばにいると弥彦と息子まで不幸にしてしまうと悟った常盤は、二人を守るために力のある法師の矢面《やおもて》に立ち、封印され深い眠りについてしまった。

最後に、「我が名は、常盤。人間どもは好かぬが、そなた達のことは末代まで守護し、『永遠の祝福』を約束しよう」と二人に言い残す。

妻を失った弥彦は弥一を連れ、村を出て放浪の旅に出た。

その弥彦と弥一が、五百城家の祖先だという言い伝えだ。

以来、あやかしの血を引く弥一の子孫には、不思議な能力を持った者が多く生まれることとなったという。

昔話にはよくある、異類婚姻譚《たん》。
人間とあやかしの恋物語だ。
だが、常磐の血は数百年経った現代でも、脈々と受け継がれていた。

◇　◇　◇

圭寿《けいじゅ》が物心ついた頃には、既に『彼』はそこにいた。

記憶はないが、多分この世に生まれ落ちるより前からそばにいたのだと思う。

とにかく実の両親よりも先に、圭寿は『彼』を認識していたのだ。

今もうっすら憶えているのは、風通しのよい客間の畳《たたみ》の上で、気持ちよくお昼寝をしていたところ、なにか得体の知れない、黒い靄《もや》のようなものが顔の近くにまとわりついてきて、赤ん坊だった圭寿はむずがって泣き出した。

「よしよし、泣くでない。このような小物、取るにたらぬわ」

『彼』はそう言うとむずがる圭寿をあやしてくれた。

『彼』が現れると、なぜか黒い靄はあっという間に四散《しさん》してしまう。

すっかりご機嫌が直り、にっこりすると、『彼』はなぜかひどく驚いたようだった。

「そうか、そなたには我が視《み》えるのか」

そう呟《つぶや》くと、圭寿を抱き上げ、胡座《あぐら》を掻《か》いた己の膝の上に乗せて揺すってくれた。

それがとても心地よくて、以来『彼』の膝の上は圭寿のお気に入りの場所になったのだ。

いつもそばにいるから、ハイハイをして近づいていくと、『彼』はしかたがないなという顔をして少し遊んでくれる。

白い直衣《のうし》姿で、長い絹糸のような銀髪を腰まで垂らしている青年の姿の『彼』は父や母とは違う格好をしているなと思ったが、あまり気にはならなかった。

やがて摑まり立ちをするようになり、言葉を覚え、圭寿はいつしか彼の名が『白蓮《びゃくれん》』だと知るが、幼い子には発音が難しく、勝手に『れんれん』と呼んでいた。

おやつにもらったクッキーを「はい」と分けてあげると、『れんれん』は少し困ったような嬉しいような複雑な表情になったものだ。

それくらい自然に、彼は圭寿にとって家族の一員だった。

だが。

「今日はれんれんと、おにわであそんだよ」

夕食の席でそう話をすると、食卓はしんと静まり返った。

圭寿の家は大きなお屋敷で、父方の祖母の清恵《きよえ》と父、保《たもつ》、それに母の真由美《まゆみ》の四人家族だったが、ことに母はなぜか白蓮の話をされることを嫌がった。

「圭寿、いつも言ってるでしょ。それはこの世には存在してはいけないものなの。相手にしては駄目よ」

反面、祖母の清恵はどこか嬉しげだ。

「やはり、圭寿は『力』が強いのね。さすがは我が五百城家を継ぐ跡取りです」

祖母は先代、つまり圭寿にとって祖父にあたる道憲《みちのり》に嫁《とつ》いできたので五百城家の血は引いていないのだが、祖父亡き後この家を守ってきた自負があるのか、彼女の最優先事項は常にこの五百城家存続にあった。

五百城家は、代々莫大《ばくだい》な財を成し、現在はその資産で手に入れた不動産を売買する会社や投資会社を経営し、さらなる富を増やしているらしい。

それらもすべて『常磐様』のおかげだと、祖母は先祖代々の仏壇《ぶつだん》とは別に祭壇を設け、『常磐様』をお祀《まつ》りし、毎朝御神酒《おみき》や供物を捧げていた。

祖母は曾祖母から、曾祖母はその前の先代から、その教えは代々脈々と受け継がれてきたという。

「お義母様《かあさま》、またそんなことを……」

祖母と母は常に対立していて、子どもの目から見ても仲がいいとは言えなかった。

それをいつも、まぁまぁと双方を宥《なだ》めに入るのが父・保の役目だ。

「圭寿にはあれが視えるんだな。父さんには、ぼんやりと気配しかわからないのに」

父は幼い圭寿を膝の上に抱き上げ、そして教えてくれる。

温厚で優しい父が、圭寿は大好きだった。

「あれは、この五百城家に深い縁のあるあやかしなんだよ」

「あやかしって？」

「う〜ん、なんて説明したらいいかな。人間とは違う、強い力を持った生き物だよ。ずっと五百城家を護ってくれていると言い伝えられているんだ」

「そんなもの、ただの魔物でしょ。ああ、恐ろしい」

母は心底白蓮を毛嫌いするので、圭寿はいつしか母に遠慮《えんりょ》して、あまり白蓮の話をしなくなった。

とにかく、彼らの反応から圭寿はようやく『れんれん』が人ならざるものだと知ったのだ。

だが、そんなことを言われても、圭寿にとって『れんれん』は実在するのだし、見て見ぬふりなどできるわけがない。

圭寿が一人でいると、なにか得体の知れない怖いものが寄ってくることが多かったが、それも『れんれん』がいると、いつのまにか消えてなくなってしまうのだ。

「おかあさんが、れんれんのはなしをするとおこるんだ。れんれんはゆうれいなの？」

本人にそう聞いてみると、圭寿を膝の上に乗せていた白蓮は皮肉な笑みを見せる。

「そうさな。似たようなものかもしれんな」

「それってヘンだよ。ゆうれいならさわれないでしょ？　れんれんにはさわれるもん！」

「それはそなたの力が強いからだ。そなたの霊力のおかげで、我は力を取り戻し、実体化することができるようになったのだ」

『れんれん』の話は難しくてよくわからなかったが、圭寿はまぁいいやと考える。

その頃の圭寿には、まだ白蓮の存在がこの五百城家にとってどれほど重いものなのかなど、知るよしもなかったのだ。

そうして圭寿はすくすくと成長し、五歳になった。

圭寿が物心つく前から、父は多忙でほとんど家にいなかった。

祖母によれば、父はとても優れた能力を持っているのだという。

「五百城家の、特に直系の男子は、ほかの人間にはない特別な力を授かっているのですよ。圭寿、世の中にはあなたのお父さんを必要としている人達がたくさんいるの。それを誇りに思いなさい」

五百城家の祖先、弥一のことは、祖母から絵本代わりに繰り返し聞かされていた。

あやかしの血を引いた父や自分には、不思議な力があるのだという。

だから自分には、ほかの人には視えない白蓮が視えるのか、と圭寿は幼いながらに納得した。

お父さんは立派なお仕事をしているのだから、寂しいなんてワガママを言ってはいけない。

五百城家の大切な跡取りだから、と祖母は母を圭寿には近づけず、厳しく躾《しつ》けた。

父と母は恋愛結婚で、祖母はもともと気の強い母を快《こころよ》く思っていなかったらしい。

母はそれが不満そうだったが、家の実権を握っている祖母には逆らえないようだった。

その頃になると、なぜか屋敷はにわかに慌ただしくなり、大勢の人間が出入りするようになって騒がしくなった。

「なに？　どうしたの？」

不思議に思って祖母に問うと、祖母は顔面蒼白で圭寿を抱きしめる。

「落ち着いてお聞きなさい……保が……いなくなってしまったの」

祖母が言うには、父は東京へ仕事に出かけたまま、突然行方《ゆくえ》がわからなくなってしまったのだという。

どこかの悪い人が、父のすごい力が欲しくてさらってしまったのだろうと祖母は圭寿に説明した。

屋敷には『警察』だという大勢の大人達が出入りし、犯人からの連絡を待っていたが、一向になしのつぶてだった。

やがて『会社の人間』という人達がたくさん家に出入りするようになり、「保様なき後の穴を埋めるのは……」「経営陣との打ち合わせが……」などと祖母といつも深刻な表情で話し合っていた。

こっそりそれを見ていた圭寿は、白蓮に「みんな、なにあわててるの？」と聞く。

すると白蓮は「現当主の保が行方不明になったので、次期当主のそなたが成長するまでの間、後見人を清恵に決めたのだ」と答えた。

やはり白蓮の言葉は難しく、よく意味がわからなかった。

母の憔悴《しょうすい》ぶりはひどいもので、泣いてばかりいたので、父不在の後は気丈な祖母がすべて取り仕切った。

そして、父がいなくなってからは、もともと仲が悪かった祖母と母はさらに険悪になっていった。

「あんな仕事をしていたから、こんなことになったんだわ。返して！　保さんを返してよ……！」

「おやめなさい、見苦しいこと。あなたも、この五百城家に嫁いできたのだから、すべて覚悟の上でしょう」

「私は保さんと結婚したのであって、この家と結婚したわけじゃありません……！　まさか拉致《らち》されるなんて……！」

そう叫び、母はまたわっと泣き崩れる。

「五百城家の本家直系男子は、『先読《さきよみ》』の力、いわゆる予知能力を持って生まれる者が多いのです。その能力のおかげで、五百城家はここまでの繁栄《はんえい》を続けてこられたのですよ？」

「でも！　その能力のせいで保さんは狙われたんじゃないですか！　そんな力さえなければ、家族で平穏に暮らせたのに！」

涙で濡れた顔を上げ、母は呻《うめ》く。

母があまりに取り乱していたので、居間に入ろうと障子《しょうじ》の前に立っていた圭寿は足が竦《すく》み、しばらく動けなかった。

すると、その影に気づいた母が乱暴に障子を開け、圭寿を中へ引きずり込む。

「圭寿！　まだあの魔物と口を利《き》いたりしているの!?　お母さん、許さないわよ!?　あいつはね、あやかしなのよ!?　お父さんは、あいつの仲間のせいでひどい目に遭《あ》ってるんだから……！」

「お、おかあさん……」

ガクガクと強い力で揺さぶられ、圭寿は怖くてポロポロ涙を零《こぼ》す。

「手を離しなさい、圭寿が怖がっているじゃないの。圭寿にはしかるべき時が来たら、私からきちんと話します」

「はっ！　無事跡継ぎを生ませたら、もう嫁は用なしですか！　大した名家ですこと。こんな家なんか、滅んでしまえばいいんだわ……！」

悪態をつき続ける母に、祖母は冷静に告げる。

「五百城家のしきたりに従えないなら、あなたが出ていくしか道はないのよ。お好きになさい。ただし、圭寿を連れていくことは絶対に許しません」

それから祖母と母は度々《たびたび》衝突し、言い争っていた。

母は、そばに白蓮がいると忌《い》み嫌い、圭寿までそばに寄せつけなくなり、あまり家に戻らなくなった。

突然父を奪われ、母に顧《かえり》みられなくなった圭寿は、孤独だった。

「れんれん、おかあさんのいってたこと、ほんと？　れんれんのせいで、おとうさんいなくなっちゃったの……？」

どうか、違うと言ってほしい。

そんな圭寿の、一縷《いちる》の望みを無慈悲《むじひ》に打ち砕くように、白蓮が酷薄《こくはく》な笑みを浮かべる。

「そうと言えばそうかもしれぬな。我は人間が嫌いだ」

驚きのあまり泣くのも忘れ、圭寿は涙でぐちゃぐちゃの顔で叫ぶ。

「なんで⁉　どうしてそんなこというの⁉」

大事な家族だと、大切な友達だと思っていたのに。

なのに白蓮は違ったというのか……？

赤ん坊の頃から一緒だった自分のことも、嫌いだというのか……？

圭寿は、幼いながらにひどいショックを受けた。

「そうさな。我らあやかしは、そういう生き物だと思っておくがよい」

「そんなこといわないで、おとうさんのことさがしてよ！　れんれんならできるでしよ⁉」

祖母が尊敬している『常磐様』もあやかしで。

白蓮も同じなら、きっと父を捜し出す力があるはずだ。

そう考えたのだが。

「なぜ我が、人間のために手を貸さねばならない？　我は封じられておる『常磐様』に代わり、この五百城家の繁栄を見届ける役割を負う者。跡継ぎとしてそなたがいるのだから、保はおらずとも問題はない」

まるで他人事《ひとごと》のような返答に、圭寿はまた涙が込み上げてくる。

「れんれんのバカ！　だいっきらい！　あっちいっちゃえ！」

「それは無理な相談だな。いくらそなたが我を嫌おうとも、我はこの五百城の行く末を見届ける契約になっておる。離れることはできぬ」

「うるさい！　あっちいけってば！」

癇癪《かんしゃく》を起こし、悔《くや》しくてわんわん泣いて。

幼い圭寿は誰かに甘えたかった。

だが、母は圭寿を遠ざけ、祖母は父がいなくなった後、残された会社の経営を一手に担《にな》っているので忙しい。

圭寿の身の回りの世話はハウスキーパーの女性がしてくれているが、結局圭寿には白蓮しかいないのだ。

しばらくぐずり、転がって泣き喚《わめ》いた後、ちらりと見ると、白蓮はまるでなにごともなかったかのように胡座《あぐら》を掻《か》き、いつものように圭寿のそばにいた。

すん、と鼻を啜《すす》り上げ、圭寿は畳《たたみ》の上を這《は》い寄り、もそもそとその居心地のいい膝の上に丸くなる。

「……れんれんなんか、だいっきらいだ」

「そうか」

泣き疲れてうとうとしていると、大きな白蓮の手がそっと頭を撫《な》でてきた。

「いくらでも、我を恨むがいい。人間に嫌われるのには、慣れておるのでな」


母が五百城の屋敷を出ていったのは、それからまもなくのことだった。

「ごめんね、圭寿。お母さん、もう耐えられないの」

いつか圭寿が大きくなって、きっとお父さんを捜し出してあげて。

そう言い残し、母はすべてのしがらみから逃れるかのように去っていった。

ついていきたいと駄々をこねることもなく、圭寿はそれを見送り、一人屋敷を抜け出し、近くの河原に行って泣いた。

懇願《こんがん》しても、母は決して連れていってはくれないとわかっていたから。

うずくまって泣く圭寿のそばで、白蓮はただ黙って立っていた。

その頃になると、白蓮はすっかり実体化に慣れ、人間に変化できるようになっていて、服装も人前では現代の青年の姿を真似《まね》られるようになっていた。

「……かあさんは、ぼくのこと、いらないんだよね？　ぼく、いらないこなんだよね？」

言い募《つの》るうちに、また涙が溢《あふ》れてくる。

するとと白蓮は懐《ふところ》から、現代にはやや不似合いな手拭《てぬぐ》いを取り出し、雑に圭寿の顔を拭ってくれた。

「真由美の気持ちは、真由美にしかわからぬ。まぁ、そなたが大人になれば、いずれ母の気持ちもわかる時が来よう」

「……れんれんは？　れんれんも、ぼくをおいていなくなっちゃう？」

圭寿が今、なにより恐れているのはそれだった。

父を亡くし、母に去られ、この上生まれた時からずっと一緒に過ごしてきた白蓮を失ってしまったら、と想像するだけで孤独に幼い胸が引き裂かれそうになる。

「前にも言ったであろう。我は『常盤様』と交わした盟約により、そなたが五百城家の当主である限りはそばを離れることはできぬ」

「……ほんとにほんと？」

「ああ」

とっぷり日が暮れるまで圭寿の好きにさせておくと、白蓮は「そろそろ帰るぞ」とだけ告げる。

「……ん」

すっかり泣き腫《は》らした赤い目で、圭寿は立ち上がり、尻についた砂を払う。

先を行く白蓮の後に続き、とぼとぼを河原を歩きながら、手を繋《つな》いでほしいなとひそかに思っていると。

「転ばれると面倒だからな」

まるでそんな圭寿の心を読んだかのように、白蓮が手を差し出してきた。

その日、二人は手を繋ぎ、夕日が沈みかける河原をゆっくりと歩いて帰った。

あの日の夕焼けの色は、きっと一生忘れないと思う。


そうして、広い屋敷は祖母と圭寿の二人暮らしとなり、静かになった。

屋敷には数人の使用人と会社の人間が出入りし、専属の世話係がいたが圭寿が懐くことはなく、彼の孤独は癒《い》やされることはなかったし、相変わらず遊び相手は白蓮だけだった。

人間嫌いの白蓮は圭寿の前でしか実体化せず、祖母にその姿を見せることはなかったが、祖母は依然として『常磐様』と同じように五百城家を護る白蓮を崇《あが》めているようだった。

やがて成長した圭寿は、小学生になった。

この頃になると、通学路で顔見知りだった近所のおじさんの霊を見たりするようになっていた。

おじさんは少し前に病気で亡くなったのだが、遺《のこ》された奥さんが愛犬の散歩に出かけると、心配そうに後をついていくのだ。

「おじさんが、チャコがおなか痛いから病院に連れてってって言ってるよ」

おじさんの心配をそう代弁してやると、彼の奥さんはまるで気味の悪いものを見るような目で圭寿を見た。

それを通りすがりに目撃した同級生達は「圭寿くんがへんなことを言っている」と学校で吹聴《ふいちょう》したので、圭寿はたちまちクラスで仲間はずれにされてしまった。

結局、奥さんは念のためと動物病院にチャコを連れていったらしく、腎臓の病気が発見されて早期治療ができたと、後日五百城家へ菓子折を持って礼に来たのだが、小学校では面白半分に「幽霊が見えるなんて嘘つきだ」とはやし立てられ、圭寿は孤立した。

「皆が僕のこと、嘘つきって言うんだ。どうしたらいいと思う?」

ほかの誰にも相談できなくて、圭寿は白蓮に打ち明ける。

するると、圭寿の携帯ゲーム機で遊んでいた白蓮は、ふんと鼻を鳴らした。

「大半の人間には見えぬからな。信じてもらえぬのも致し方のないことよ。面倒であれば、皆と同じ真似《まね》をすればよい」

「真似?」

「なにも視《み》えていない、気にしないふりだ。皆と同じに振る舞えば、異端扱いされることもない」

「そんなの、無理だよ。見えたらやっぱりびっくりしちゃうもん」

「ならば、霊が視える回路を閉じてしまえばいいのだ」

その回路を閉じれば、普段は悪《あ》しきものや幽霊が見えなくなるのだと白蓮は教えてくれた。

「そんなこと、できるの?」

「練習をすればな。このゲームのスイッチを切り替えるようなものだ」

「どうすればいいの？　教えてよ」

「ふん、我が人間に無料奉仕すると思うたか？」

「いっつも僕のおやつ半分あげてるし、僕のゲームも貸してあげてるじゃん」

ゲーム機を取り上げようとすると、今ハマっているゲームをクリアしたい白蓮は渋々その『スイッチの切り替え方』を教えてくれた。

何度も練習するうちにコツを掴《つか》んだ圭寿は、普段視たくないものは視界から遮断《しゃだん》し、人前では一切幽霊が視える話はしないことにした。

すると、同級生達はすぐに前のできごとなど忘れてしまい、圭寿と普通に遊んでくれるようになった。

人と違うことをすると、つらい目に遭《あ》う。

それを幼いながらに身をもって学んだ圭寿は、この先も自分の力を隠して生きていこうと決めた。


やがて時は過ぎ、父が失踪《しっそう》してから七年の月日が過ぎた。

祖母は金に糸目はつけず、あらゆる手段を講じて父を捜したが、手がかりはまったく得られなかった。

失踪届を出してから七年行方《ゆくえ》がわからないと、失踪宣告ができ、葬儀もあげられるのだが、まだあきらめがつかない祖母はその手続きを迷っていた。

世間的には、父はもう死んだことになっている。

小学六年生になった圭寿は、もうそれが理解できる程度に成長していた。

周囲は既に保の生存を絶望視していたが、圭寿だけは違った。

なぜなら、父の幽霊が現れたことが一度もないからだ。

――父さんがもし死んじゃってたら、絶対僕に会いに来る。会いに来ないいんだから、父さんは生きてるんだ……！

そう、強い確信があった。

圭寿が思春期を迎える頃になると、祖母は蔵に保管されている古文書《こもんじょ》を読む許可を与えてくれた。

『常磐様』から授かった『永遠の祝福』のおかげで、五百城家は財をなし、ますます栄えている。

が、そのせいで、周囲から嫉《ねた》まれることも多くなっていったという。

「人が富むと、嫉妬《しっと》し足を引っ張りたくなるのが人間の性《さが》というものです。そのせいで私達のご先祖様は、それはひどい目に遭ってきました。いわれのない扱いを受け、日本中を転々と放浪したこともあったようです」

聞けば、祖父の代でも信頼していた会社の部下や使用人に裏切られ、財産を盗まれたりもしたようだ。

圭寿は、仏間に飾ってある祖父の遺影を見上げる。

祖父は圭寿が生まれる前に五十代の若さで亡くなったので、圭寿は祖父に会ったことがない。

正確には、生きている祖父には、だが。

先代当主、すなわち保の父である五百城道憲は、『先読《さきよみ》』の能力のおかげで凄腕《すごうで》の相場師であり、失せ物探しの名人でもあったという。

人格者だったという道憲は、行方不明の人間や探し物などの相談を無料で引き受け、その力を困っている者のために使い、金儲《かねもう》けの道具にはしなかった。

そんなことをせずとも、先物取引で溢れるほどの財があったせいかもしれない。

警察に協力し、誘拐《ゆうかい》された子どもの居場所を捜し当てたりもしたらしいが、逆に誘拐犯と疑われ、近所の人間から白い目で見られたこともあったらしい。

——やっぱり、こんな力があったって不幸になるだけだ。
普通と違うから、異端視される。
普通と違うから、疎外《そがい》される。
圭寿の願いは、ただ家族で平穏に暮らしたいだけなのに。
圭寿がじっと仏壇《ぶつだん》を見つめていると、ふっと祖父の霊が姿を現す。
会いたい、話したいと念じると、目当ての霊を呼び出すことができる。
能力が未熟なのか、失敗することもよくあるが、今回は成功したようだ。
——お祖父様《じいさま》、お願い、父さんを捜して……！
今までも何度も頼んだが、祖父の霊は悲しげに首を横に振るばかりだ。
「私には無理なのだよ、圭寿。だがおまえが大きくなったら、できるかもしれない」
祖父の言うことは本当だろうか？
まだ幼い圭寿には、わからなかった。
すると、廊下《ろうか》を通りがかった祖母が、仏壇前にいる圭寿に声をかけてくる。
「圭寿、白蓮様はなにかおっしゃっておられますか？」
「……いいえ、なにも」
祖母はこうして時折、白蓮の『お言葉』を聞きたがる。

それは圭寿にしか聞けないのだからしかたがないのかもしれないが、人間嫌いだと豪語する白蓮が祖母に有益な情報を教えてくれるはずもないので、返事に困ってしまうのが常だった。

「圭寿、あなただけに視える白蓮様は、『常磐様』が封じられる際、自らの代わりに我が一族の行く末を見守るようにと命じられたあやかしだと言われているのですよ」

祖母の話によれば、一族の中で『先読』の能力を得た者は多いけれど、この五百城家を守護する白蓮の存在が視える者は先祖にもほとんどいなかったらしい。

「あなたの能力はとても希有《けう》で貴重なものなのですよ、圭寿。五百城家の当主として、白蓮様のお言葉を聞き、大切になさい」

すると、祖母には見えないように霊体の直衣《のうし》姿で現れた白蓮が、話を聞いていたのか、

「そうだ。我が言葉は『常磐様』のお言葉と思うがよいぞ」などとからかってくる。

むっとした圭寿は、祖母の前を辞し、自分の部屋へ戻ると白蓮に八つ当たりした。

「……そんなにすごいあやかしなら、父さん捜すことだってできるはずだろ。なんでしてくれないんだよ⁉」

すると、霊体の姿で空中を浮遊しながら、白蓮がふんと鼻を鳴らす。

「そなた、忘れておるのではないか？　我は『常磐様』が封じられる原因となった、そな

た達一族を憎んでおる。弥彦さえいなければ、我が一族を統《す》べるほどの力を持っていた『常盤様』は数百年も封印される、哀れな身の上になられることもなかったのだ」

「それは……」

確かに、白蓮の立場からしてみれば、仕えていた『常盤様』を失う原因となった五百城家の子孫の行く末を見届ける役目を果たすのは、さぞ歯がゆいことだろう。

それでも、こっちだって生まれた時から重荷を背負っているのだと圭寿は反発心を抱く。

「なら、せめてもう僕につきまとうなよ！」

「出来ぬ相談だな。我は忠実に、『常盤様』の命を守るのみ」

「ほんとムカつくな！」

だが、腹を立てても仕方がないのかもしれない。

『常盤様』は自らの血を引く末裔《まつえい》が栄えるようにと、『永遠の祝福』を授け、永い眠りについた。

決して悪意があったわけではなく、よかれと思ってのことだ。

あやかしと人間とでは、価値観がかけ離れているのは当たり前なのだ。

このように、圭寿と白蓮の関係は、はたから見ると実に奇妙なものだった。

圭寿には白蓮がなにを考えているのか、まったく理解できない。

気まぐれに姿を消したり現したりしながら「我は人間が嫌いだ」と嘯《うそぶ》きつつも、「あまりに暇だから退屈しのぎだ」と圭寿をかまい、つらいことがあってへこんでいると時折膝を貸してくれるのだ。

彼の言う通り、あやかしと人間とは価値観が違い、人間の常識が通用しない存在なのだと、白蓮と共に過ごし成長してきた圭寿はいやというほど実感する。

――早く、大人になりたい。

もう誰もアテにはできない。

こうなったら自分自身の力で父を捜し出す、圭寿はそう心に誓った。

中学から高校時代には、圭寿はなんとかして自分の代で『常盤様』との契約を解除する方法はないかと必死に足掻《あが》いた。

数々の文献を調べ、蔵の古文書にも何度も目を通したが、やはりあやかしとの契約の解き方はわからなかった。

祖母には内緒で、悪霊を祓《はら》う神社があると聞けば祈禱《きとう》を受けに行き、有名な霊能者にも相談に行った。

だが、決まってその帰り道には白蓮が待ち構えていて、「あの程度の力で、『常磐様』の『永遠の祝福』が解除できるとでも思ったか？　あんな連中よりそなたの方がよほど力があるぞ」などと茶々を入れてくるのだ。

年頃になると、すっきりと整った風貌《ふうぼう》に成長した圭寿は女子生徒達の人気者となり、興味半分で告白されることもあったが、かたくなに彼女を作ろうとはしなかった。

その時もクラスメイトの女子からの告白メールを受け取り、うんざりしていた。

「おなごに言い寄られて落ち込むとは、変わっておるのぅ」

「……だって、皆、僕のことが好きなわけじゃない。五百城家当主じゃなかったら、誰も告白なんかしてこないに決まってるんだから」

白蓮にからかわれ、相手への断りのメールを打っていた圭寿はむくれる。

そう、実家が資産家でなかったら、誰も自分をもてはやしたりしないのだ。

なにより、『永遠の祝福』を返上するまでは恋愛などとてもする気にはなれなかった。

「こんな環境で、よく不登校にならなかったって、褒めてほしいくらいだよ」

「ふむ、すっかりひねくれて育ったのぅ。幼い頃は『れんれん、れんれん』と我の後をついてまわって、それは愛らしかったものを」

「わ～やめろ！　過去の汚点を蒸し返すなぁっ！」

圭寿にとって、なにも事情がわからず、ただひたすら白蓮に甘えまくっていた頃の記憶は人生最大の大後悔《だいこうかい》ポイントなのだ。

「この、スマホという板はいろいろな異世界へと通じる門のようだ。ちょっと貸してみるがよい」

「やだよ。第一、借りるのになんでそう偉そうなんだ」

高校生になってスマホを持ち始めると、常に傍《かたわ》らでその操作を眺めていた白蓮は興味津々《しんしん》で触りたがった。

圭寿は、自分が生まれた頃からまったく年を取る様子がない彼を眺める。

「なぁ、白蓮は常磐様のこと、好きだったの……？」

ずっと聞いてみたかった問いを口にすると、白蓮はらちもないことを、といった眼差《まなざ》しで冷たく圭寿を一瞥《いちべつ》し、黙殺した。

「図星なんだ」

『そうだ』とも『違う』とも、白蓮からの答えはない。

だが、答えはとうの昔からわかっていたような気がする。

――白蓮からしてみれば、ずっと仕えてきて好きだった人を、人間の男に取られちゃって、その子孫をずっと見守り続けなきゃいけないなんて、サイアクなお役目だよな。

そう考えると、ほんの少し白蓮に同情してしまう。

「……スマホ、ちょっとだけ貸してやる」

「急にどうした。気味の悪い奴だな」

この時同情したのが運の尽きで、以降ネットにハマった白蓮に、しょっちゅうスマホとノートパソコンを独占される羽目になる圭寿だった。


圭寿は成績がよかったので、地元でも一番の進学校から国立大の経営学部に合格した。

父がいなくなった土地へ行けば、なにかわかるかもしれないと、東京の大学に進学したいと粘ってみたが、やはり地元を離れることは許されなかったのだ。

高校を卒業すると、祖母からの結婚への圧は一気に強まった。

父を失ったことで、ただ一人の五百城家の直系男子が圭寿となったので、無理もないかもしれない。

ことに父と母は恋愛結婚で、それを許したのが失敗だったと祖母は考えているようで、圭寿には悪い虫がつく前に自分のお眼鏡《めがね》に適《かな》った相手と見合い結婚させたいらしい。

それ故、祖母が見つけてきた相手と何度も見合いさせられそうになったが、圭寿は断固としてそれを拒否した。

「『常盤様』の血を後世に遺《のこ》すことは、五百城家当主として一番大切な務めなのですよ？」

こんこんと祖母に諭《さと》され、根負けした圭寿はその場しのぎの嘘をつく。

「わかりました。でも二十歳《はたち》まで待ってください。二十歳になったら相手を探して結婚しますから」

とりあえずその場はそれでなんとか誤魔化《ごまか》せたものの、むろん圭寿には祖母の思惑通り結婚する気など毛頭《もうとう》なかった。


「で？　その後どうなのだ？　契約を解除する方法は見つかったのか？」

「……うるさいなぁ。どうせ見つかってないって知ってるくせに、いちいち聞くなよな」

その日も、大学の図書館であれこれ文献を漁《あさ》っているうちに、すっかり遅くなってしまった。

実体化することに慣れた白蓮は特にテレビやネットに興味を示し、圭寿のパソコンやスマホを弄《いじ》りたがった。

どうやら、数百年は生きているらしい白蓮だが、昔はなかった電脳生活が「暇潰しによい」といたく気に入ったようだ。

どう禁じても、いつのまにかログインパスワードまで知られているので、好きにさせておくことにした。

気が向いたのか、白蓮は必死に調べ物をする圭寿の横で青年の姿に実体化し、しれっと学生のふりをして圭寿のノートパソコンでネットサーフィンをして過ごしている。

いかにも楽しそうなので、いったい誰のせいでこんな苦労をしているのかと思うと少々腹立たしい。

「あ～腹減った。早く帰ろうぜ」

すっかり暗くなってしまった図書館を出て、急ぎ足でそのまま大学の正門へ向かいかけた圭寿だったが、その時ふと中央校舎の屋上でなにかが動いたような気がした。

「……なんだ、あれ」

足を止め、見上げると、街の外灯の灯りでかろうじて人影のようなものが見える。

どうやら、誰か屋上にいるようだ。

「おかしいな。確か、屋上は立ち入り禁止のはずなんだけど」

「飛び降りでもするのではないか？」

「え……？」

実にあっけらかんと白蓮に言われ、圭寿は青くなる。

「ちょ、ちょっと見てきてよ、白蓮」

「まったく、あやかし使いの荒い奴じゃのぅ」

文句を言いつつも、白蓮は実体化を解いて普段の直衣姿の霊体に戻り、一瞬にして姿を消した。

そして、ややあって戻ってくる。

「若いおなごが一人、柵《さく》を乗り越えておった。あれはやるな」

それを聞き、圭寿は慌てて走り出す。

「なんじゃ、帰らんのか？」

「普通、こういう時、人間は止めるんだよ！」

「やれやれ、そなたもお人好しじゃのぅ」

暢気《のんき》なことを言いながら、再び白蓮が姿を消す。

どうやら先に屋上へ移動したようだ。

「くそっ、霊体の奴は走らなくていいから便利だな……！」

文句を言いつつ、圭寿は必死に五階分の階段を駆け上がり、屋上へ向かった。

この大学の屋上はフェンスが低く、危険だということで普段は学生の立ち入りを禁止しているのだが、見るといつも鍵《かぎ》がかけられているドアは壊されていた。

はぁはぁと息を切らせながらようやく屋上へ出ると、先についていた白蓮はのんびり空中を漂っている。

「遅いぞ」

「ムカつくっ！」

煽《あお》ってくる白蓮は無視し、圭寿はフェンスへ駆け寄った。

案《あん》の定《じょう》、女性でも乗り越えられる高さのフェンスの向こうに、若い女性がこちらに背を向けて立ち尽くしている。

暗い中、覚悟の投身自殺をするための決意が窺《うかが》えた。

「ちょっと、きみ」

刺激しないよう、恐る恐る声をかけると、女性はびくりと反応する。

どうやら、思い詰めていたので心の余裕がなく、今まで圭寿に気づかなかったようだ。

「こ、来ないで！」

「なにもしないよ。そこでなにしてるの？」

この状況で、まさにこれ以上はないほどの愚問《ぐもん》だったが、とりあえずなんとか落ち着かせようと、会話で時間を稼《かせ》ごうとする。

「放っておいてよ、どっか行って！」

かなり興奮している状態らしく、彼女はひどくしゃくり上げ、両肩で息をついていて、極めて危険な状態だ。

このままでは発作《ほっさ》的に飛び降りるのは時間の問題だった。

「そう言われても……」

このまま見殺しにするわけにもいかず、どうしようかと困惑していると、彼女のそばにふっと初老の和服姿の婦人の霊が現れる。

普段は回路を遮断《しゃだん》しているのだが、動揺《どうよう》したせいで『視《み》えて』しまったようだ。

『どうか、孫を、幸奈《ゆきな》を止めてください。この通りです』

老婦人の霊は、両手を合わせて圭寿に懇願《こんがん》する。

『この子は純真で、人を信じやすいからあんな妻子持ちの悪い男に騙《だま》されてしまったんです。つらいのはわかるけど、三ヶ月以内に私が必ず、この子にふさわしい相手を見つけてきますので、どうかそれを伝えて思いとどまらせてください』

必死にそう訴えてくる老婦人に、圭寿は無言で頷《うなず》いてみせる。

ざっと事情はわかったものの、さて、どうしたものか。

彼女は声を上げて泣きじゃくり、今にも飛び降りてしまいそうで、一触即発《いっしょくそくはつ》の状態だ。

いったい、なんと言って止めればいい……？

まさに窮地《きゅうち》に陥《おちい》った圭寿は、とっさに叫んだ。

「あのさ、両手見せてもらえる？」

「……え？」

いきなり突拍子もない頼みに驚いたのか、泣き止んだ幸奈は訝《いぶか》しげに振り返る。

「僕、占いやってるんだけど、すごく当たるって評判なんだ。よかったら占うよ。どうせ死ぬ気なら、最後に自分の運勢知るのもいいんじゃない？」

「……」

「特別に、お試しで無料にしとく。ほんとは高いんだぜ？」

口から出任せである。

だが、幸いなことに、ほんの少し彼女の気を引くことには成功したようで、幸奈はそのまま立ち尽くしている。

「占いなんか、今さら……。もう、なにもかもおしまいなんだもの。占ったって、どうにもならない」

「そんなことないよ。と、とりあえず顔相占いだと、きみ、奥さんがいる人に独身だって嘘つかれて、付き合ってから本当のこと知らされたって出てるよ」

思い切ってそう伝えると、幸奈は驚いたようにフェンス越しの圭寿を見つめた。

「どうしてわかったの……⁉」

「言ったろ。僕の占いは当たるって」

大嘘である。

だが、ここで『きみの祖母の霊が出てきてうんぬん』と告げるよりは話を聞いてもらえる確率は上がると踏んだのだ。

「ね、こっち戻って両手見せてよ。そしたらもっとよく、きみの未来がわかるから」

とにかく刺激しないように話しかけていると、ふわふわと退屈そうに宙を漂っていた白蓮があくびをしている。

『まだかかるのか？　死にたい奴は好きにさせてやればよいではないか』

「うるさいなっ、静かにしてろよ！」

思わず言い返してしまってから、びっくりしたような幸奈の視線に気づき、慌てて弁解する。

「あ、ごめん。違うんだ。きみに言ったんじゃなくて……なんというか、その、占う時に独り言を言う癖《くせ》があって」

「……ほんとに、当たるの？」

「そりゃもう、すごい的中率だって言われてるよ！」

またしても大嘘であるが、人命を救うためなら許されると信じ、フェンス越しに手を伸ばす。

「さぁ、こっちへ」

だが、幸奈はまだ圭寿の言葉を鵜《う》呑《の》みにはできないのか、その場に立ち尽くしている。

やはり、初対面の自分にいきなり自殺の決意を変えさせることは難しいか。

そこで、圭寿は彼女が落ち着くまでの時間稼《かせ》ぎに、自分の話をしてみることにした。

「あのさ……僕の父さん、子どもの頃からずっと行方《ゆくえ》不明のままなんだ」

「え……？」

「失踪《しっそう》扱いで七年過ぎて、世間的には死亡扱いになってるけど、でも僕は父さんが生きてて、きっと帰ってくるって信じてる。なにがあってもいいから、生きててほしいって願ってる。きみの家族だって、同じだと思う。絶対絶対、きみには生きていてほしいと思ってるはずだよ。違う？」

それは圭寿の、本心だった。

その言葉は幸奈の胸に届いたのか、彼女はしばらくためらった末、涙でぐちゃぐちゃの顔のまま自らフェンスをまたぎ、内側へと戻ってきた。

きっと、圭寿に言われるまで、自分の死で家族がどれほど悲しむことになるのか、想像することすらできないくらい追い詰められていたのだろう。

「私は本気で好きだったの……私と結婚したいって言ったくせに、一年も付き合ってから、実は奥さんも子どももいるってさっき知らされて……『離婚はできないけど、きみのことも大事だよ』とか言われて……」

そして茫然《ぼうぜん》とそう呟《つぶや》くと、緊張の糸が切れたのか再びわっと泣き出す。

「もう、どうしていいかわからなくなって……っ」

「うん、大変だったね」

どうやら、恋人に真相を知らされ、発作的に自殺しようとしていたようだ。

彼女を刺激しないよう注意しながら、圭寿はそっとその両手を取り、スマホの灯りで手相を見るふりをする。

「確かにきみは、不誠実な男性に騙されてしまった。けど、その人のことを完全に吹っ切って前へ進めるなら、三ヶ月後、きみにとって素晴らしい相手が現れると手相には出てるよ」

「……本当？」

半信半疑といった表情の幸奈に、圭寿は力強く頷いてみせた。

「僕が保証する。だからとりあえず、僕の占いを信じて、三ヶ月だけ自殺は延期してくれないかな？　もし占いが当たらなかったら、その時はきみの好きにすればいい」

「……三ヶ月、そんなにすぐ、新しい出会いなんかあるわけないわ」

「僕は自分の占いに自信がある。それを証明したい。お願いだから三ヶ月だけ、時間をくれないか」

この通り！　と頭を下げて懇願すると、幸奈はやがて脱力したように苦笑した。

「……そうね。ほんとはフェンス乗り越えたら足がガクガク震えちゃって……怖くなって死ねないって思ってたの。止めてもらって、ほっとした」

「よかった！」

幸奈に死ぬ気はなくなったように見えたけれど、圭寿は念のために『三ヶ月後、占いが当たったら連絡してほしい』と告げて彼女と連絡先を交換し、一緒に大学を後にした。

家まで送るつもりだったのだが、ここまででいいと言われ、駅で別れる。

その頃には、幸奈の様子はすっかり落ち着いていて、すぐにまた死を選ぶということはなさそうだったので、心底ほっとした。

「ふん、なんとか思いとどまらせたな」

霊体化した白蓮が、つまらなさそうに告げる。

「はぁ、どうなることかと思ったよ」

「なぜ、縁もゆかりもない赤の他人に、そこまで肩入れするのだ？」

白蓮の問いに、圭寿はうつむく。

「べつに……ただ、僕の前で、誰にも死んでほしくない。それだけだよ」


それからしばらくして、圭寿がそのできごとをすっかり忘れていた頃、突然幸奈から連絡があった。

大学構内のカフェで落ち合うと、幸奈は興奮した様子で報告してくる。

「圭寿くんの占い通り、運命の相手と出会えたわ！　ほんとにありがとう！」

と、その場でハグされかねない勢いで感謝された。

その笑顔は、しあわせ一杯の恋する乙女《おとめ》そのもので、もう幸奈にまとわりついていた死の影は跡形もなかった。

聞けば、バイトで遅くなった夜、人気《ひとけ》のない道でひったくりに遭《あ》ったのだが、その時偶然通りかかり、犯人を取り押さえて助けてくれたのが今の恋人だという。

どうやら幸奈の祖母の霊は、孫に生きる希望を与えるため、必死でふさわしい相手を探してきたようだ。

「そっか。よかったね」

「圭寿くんには本当に感謝してる。それで、友達があなたに占ってほしいって言ってるんだけど」

「……え？」

新しい出会いに舞い上がった幸奈は、圭寿の『占い』のことを友人達に吹聴《ふいちょう》してまわったらしいのだ。

――しまった、口止めするの忘れてた……。

気づいた時にはあとのまつりで、噂《うわさ》はあっという間に大学内を駆け巡り、『なんだかよくわからないけど、占いが当たるらしい』と圭寿の名は一躍知られることとなってしまったのだ。

目立つことを嫌い、今まで必死に能力を隠して生きてきた圭寿にとっては、まさに予想外の展開だった。

だが、予期せぬ気づきもあった。

幸奈に頼まれ、断りきれず占うことになった内の一人は三年生で、就職活動が思うようにいかず、悩んでいるとの相談内容だった。

すっかり定番となってしまった、構内のカフェで彼女の守護霊と交信できないか試してみると、かなり古い平安時代とおぼしき十二単衣《じゆうにひとえ》をまとった女性の霊が現れる。

これはかなり徳の高い霊だ、と今まで滅多に出会ったことのない高位霊の登場に、圭寿は緊張した。

その女御《にょうご》は扇《おうぎ》で口許《くちもと》を隠しながら、ちらりと圭寿のそばにいた霊体の白蓮へ視線をやる。

『ほう、そなた、ずいぶんいにしえの契約を受けておるのぅ。なかなかに難儀《なんぎ》なことよ』

「えっ⁉」

一目で見抜かれ、圭寿は思わず椅子《いす》から立ち上がってしまった。

「ど、どうしたの？」

きょとんとしている相談主に言われ、はっと我に返る。

むろん、彼女には白蓮も女御の姿も見えない。

「ご、ごめん。なんでもない」

女御に尋ねてみたところ、相談主は自身の適性と正反対のきらびやかな分野にばかり目がいっていて、今一度自分の得意分野の業界を受け直すようにとの返答だったので、それを占いにかこつけて伝える。

相談主が納得し、圭寿に礼を言って立ち去った後、圭寿は急いで女御に話しかけた。

「待ってください！　うちの家系が受けたこの契約を解く方法をご存知でしたら、教えていただけませんか？」

「あやかしとの契約……じゃな？　それもかなりの大物か」

「そうです。その『常磐様』は数百年前に人間に封印され、永い眠りについているそうです」

圭寿が事情を説明すると、女御は首を横に振る。

「残念じゃが、妾《わらわ》の手には余る代物《しろもの》じゃ。なれど、妾よりも高位のものと巡り会えば、その者があるいは方法を知っておるやもしれぬな」

「それは……どういうことですか？」

「そなたは、今妾が守護する者を幸運へと導いた。すなわちそれは善行じゃ。善行を積み、さまざまな霊やあやかしと巡り会えば、そのうちそなたが断ち切りたいと願うその契約を解ける者に出会えるかもしれぬということじゃ。保証はできぬがな」

それだけ告げると、女御はふっと消えてしまい、後に残された圭寿は愕然《がくぜん》とその場に立ち尽くした。

それはつまり、こうして霊能力を使って人々の悩みを解決していけば、そのうち五百城家が授かった契約を解ける高位霊に出会えるかもしれないということなのか……？

すると。

「はてさて、面妖なことになったな、圭寿。己の力を人に知られることをなにより避けてきたそなたに、果たしてできるのか？」

今までずっと傍観《ぼうかん》し、女御が消えるのを待って再び声をかけてきた白蓮にそう揶揄《やゆ》され、圭寿はきっと彼を睨《にら》みつける。

そうだ。

今までは、昔受けた心の傷を守るため、霊能力を封印し、誰にも知られないよう隠して生きてきた。

けれど。

「僕は……今まで自分のために力を隠して生きてきた。仮に契約を解くためにこの能力を使うとしても、それは善行のためなんかじゃない。父さんを取り戻して、父さんと一緒にこの力を『常磐様』に返上するためだ」

偽善はまっぴらだと、圭寿は白蓮を見据え、そう宣言する。

そう、これは無力な自分なりの悪足掻《わるあが》きだ。

足掻いて足掻いて、それでも駄目なら、その時は潔《いさぎよ》く腹をくくろう。

このままなにもできずに手をこまねいているよりは、できることはなんでもやってやろう。

そんな気持ちだった。

「白蓮、僕は決めた。家を出て、東京に父さんを捜しにいく。僕の力で父さんを見つけることができたら、その時は『常盤様』が封印されている場所へ案内してくれ」

「ほう、それでどうする？」

「父さんを見つけて、契約を解く方法を見つけられたら、『常盤様』に……五百城家に授けた『永遠の祝福』の契約を解除してもらえるように頼みたい」

こんな力なんか、必要ない。

望みは、ただ一つ。

平凡に、穏やかに、家族と共に暮らしたいだけなのだ。

それはきっと、父も同じ気持ちだと信じたい。

だが、天邪鬼《あまのじゃく》な白蓮のことなので、引き受けてくれるわけがないか、と覚悟の上だったが。

「ふん、まぁよかろう」

彼の返事は、あっさりしたもので、こちらが拍子抜けしてしまうほどだ。

「え……ほんと？」

「果たして、そなたの力で保と契約を解く方法を見つけることができればの話だがな。どうせ我は、五百城家当主であるそなたから離れることはできんのだ。せいぜい暇潰しに高みの見物をさせてもらうとしよう」

「……聞き慣れてるとはいえ、やっぱ毎度ムカつくな！」


決断すると、後は早かった。

圭寿は十八歳になると、将来経営の勉強になるからと、保護者である祖母の承諾《しょうだく》を得てネットで株取引を始めていた。

株取引に関しては祖父が遺《のこ》した膨大《ぼうだい》な資料や虎の巻があり、それらを参考に必死に独学で頑張った。

その甲斐《かい》あってか、はたまた祖父の才能が受け継がれているのかは定かではないが、圭寿が買った株は上がり、数万の小遣いから始めた取引は、いつのまにか五百万以上になっていた。

夏休みに入ると、祖母にはリゾートバイトに泊まり込みで参加すると嘘をつき、東京へ向かった。

一人でも多く、効率よく人を占うのは難しい。

普通に占い師として開業することはできるが、限られた時間で一人三十分、一時間単位となると人数をこなせない。

ならば、占いカフェを開くのはどうか？

そう思いついたのだ。

だが、何件か都内の不動産屋を当たってみるが、敷金礼金その他諸々《もろもろ》の開業資金が一千万近くかかってしまうのが現状だ。

まだ学生の圭寿に、店舗《てんぽ》を借りてのカフェ営業はかなりハードルが高かった。

なんとか、開業資金を抑える方法はないものか？

あれこれ考え、圭寿が目をつけたのは、最近首都圏で流行しているというキッチンカーだった。

小型ワゴンを購入し、移動販売という形での営業なら、開業資金は数百万程度に抑えることができるらしい。

おまけに各地を転々と移動でき、万が一祖母に捜索されても逃げられるので、一石二鳥だった。

こうして、圭寿は半年ほどかけて何度か東京と故郷を行き来しながら、着々と準備を進めた。

東京の下町にアパートの目星もつけ、いつでも家出出来るように準備万端整える。


「二十歳《はたち》の誕生日、おめでとう。圭寿」

「ありがとうございます、お祖母様《ばあさま》」

両親がいなくなってからは、毎年祖母が圭寿のためにバースデーケーキを用意して誕生日を祝ってくれていた。

が、今年ばかりは少々気が重い。

「圭寿、約束を憶えていますね？　あなたも二十歳になったのだから、さっそく来週お見合いの席を用意しました。お相手はとても素敵なお嬢さんなのよ」

と、祖母は見合い写真を差し出す。

「はい、わかりました。お祖母様」

会心の笑顔で応じ、圭寿はそれを受け取る。

大きなホールケーキは祖母と使用人に分けてもまだ余るので、食事の後、残ったケーキを皿に載せ、自室へ戻った。

すると、それを待ち構えていたかのように白蓮が実体化して姿を現す。

子どもの頃、さんざんおやつを分け与えているうちにすっかり甘党になったのか、白蓮はスイーツが大好物なのだ。

圭寿が「ほら」と差し出したケーキを食べながら、白蓮は机に放り出された見合い写真にちらりと視線をやる。

「二十歳になった早々見合いか。清悳らしいな」

「僕はこの力を返上するまで、結婚なんかしない」

こんな気持ちのまま、この能力を受け継ぐためだけに結婚して跡継ぎを作るなんて、到底できない。

第一、相手の女性に失礼だ。

圭寿は、ご機嫌でケーキを食べる白蓮を眺め、問う。

「白蓮、家出決行だ。本当についてくるか？」

　圭寿の問いに、白蓮は平素のシニカルな笑みを浮かべる。

「愚問よ。そなたがどこへ行こうが、なにをしようが、我はそなたと共にある。そなたが五百城家当主でなくなるまでの間はな」

「だろうと思った」

　大学には既に休学届けを提出してある。

　二十歳になるまで待ったのは、保護者の同意が必要でない年齢にならないと、契約上でなにかと不便だからだ。

　祖母には長い手紙を書き残した。

　嘘をついたことを詫《わ》び、それでも必ず父を見つけ、この五百城家が受けた『常磐様』との契約を解く方法を見つけたい。

　どうか自分のことは探さずに、戻ってくるのを待っていてほしい。

　そういう内容だった。

『常磐様』を崇拝《すうはい》している祖母に話せば、反対されることは目に見えていたので、こうするしかなかった。

　――本当にごめんなさい、お祖母様。

両親がいなくなってからずっと、大切に育ててくれた祖母の期待を裏切ることに罪悪感はある。

だが、圭寿は己の人生を、精一杯生きると決めたのだ。

必ず父を捜し出し、共に五百城家の受けた契約を解き、またここへ戻ってこよう。

これから先は、一人で生きていく。

まぁ、オマケの白蓮がついてくるのだが。

そうして、圭寿はあらかじめまとめておいた荷物を手に、誰にも見つからないよう深夜にひっそりと家を出た。

最後に一度だけ、住み慣れた屋敷を振り返る。

——さよなら、今までの僕。

これから先は、新しい人生を生きるのだ。

一抹《いちまつ》の期待と不安を胸に、圭寿はこうしてあらたな一歩を踏み出したのだった。

「ありがとうございました！」

◇　◇　◇

午後四時。

本日出店していた場所の人通りも少なくなり、客足が途切れてきたので、少し休憩するかな、と圭寿は考える。

あれから。

学生からいきなりの起業で、なにもかもわからないことだらけで。

右往左往《うおうさおう》しているうちに、瞬く間に半年が過ぎていったような気がする。

想像していたよりもカフェ経営は大変だったが、圭寿の努力により、なんとか軌道に乗りつつある。

自分の意志で五百城家を飛び出してから、なんとしても自活してみせる、そんな意地と根性だけで日々奮闘しているうちの、まさにあっという間の日々だった。

「タピオカミルクティー、ほんとに流行《はや》ってるよな。今うちのメニューで一番出るし」

上機嫌で話しかけると、車内で圭寿のスマホを弄《いじ》っていた白蓮が言う。

「もっと種類を増やせ。チーズクリームやミルクフォームを載せれば、SNS映えすると若いおなごがもっと買いに来るぞ」

と、有名な台湾《タイワン》の店のタピオカミルクティーの画像を見せてくる。

「他店の商品チェックしてんのかよ。ほんとに、いにしえのあやかしがやることか?」

肩を竦《すく》め、圭寿はあきれてみせる。

店の宣伝のために、今はSNSを駆使せねばならない時代だ。

今日日、若い女性の口コミ評価やネット拡散能力の影響は侮《あなど》れないものがあるのだ。

家出中の圭寿は、顔出しはしないよう気をつけながら、店のドリンクやディスプレイ、新商品などの写真を撮って頻繁《ひんぱん》にアップし、無料占いサービスをアピールすると、たちまち若い女性客が増えた。

占いが当たったという、感謝のリプライにもこまめに返信しているので、客からの好感度も高いようだ。

正直、こうしたことはあまり得意ではないのだが、店のアイドルタイムにはできる限りSNSで作った店のアカウントを更新するようにしている。

ちょうど客の切れ目があったので、圭寿が新商品の写真を撮ろうとしていると。

「駄目だ！　それでは商品の魅力を伝えきれておらぬ。そなたの写真には、センスというものがない」

スマホを取り上げられた白蓮が、脇からそうディスってくる。

「まぁ、所詮《しょせん》愚かな人間のやることだから致し方ないのやもしれぬがな」

ツイートを更新していると、白蓮があれこれ口を出してくるのはいつものことだ。

こうした時の対処は、既に心得ている。

「うるさいな。じゃあ白蓮がやれよ」

「はっ！　我が人間のために指一本動かすと思うのか？　片腹痛いわ！」

口ではそう言いつつ、大好きなスマホを奪い返した白蓮は、てきぱきと商品の写真を撮り直し、アップする。

添えられたコメントといい写真の出来映えといい、確かに圭寿のものより格段によくなった。

それ見たことかと、白蓮は得意満面だ。

「圭寿は我がおらぬと、なにもできぬ赤子のようなものよのぅ」

「はいはい、ツンデレもほどほどにね」

「なんじゃ、その口の利《き》き方は？　我にあやしてもらっておったくせに、すっかり生意気になりおって」

「なにかというと、すぐ赤ん坊の頃のこと持ち出すのやめろよな」

いつものようにモメてから、圭寿はふと夕暮れに染まりかけた空を見上げる。

「なぁ、本当にこれでよかったのかな……？」

祖母は恐らく、突然姿を消した自分を血眼《ちまなこ》になって捜しているだろう。

父の時と同じ悲しみ、苦しみを味わわせてしまったことに対して、圭寿はいまだ罪悪感を引きずっていた。

「さぁ、どうだかな。まぁ、そなたが子を生《な》さぬなら、その方が我には都合がよい。五百城家が絶えれば、我の役目も終わり、自由になれるのだからな」

「……そっか。そうだよな」

それは今まで、考えたことがなかった。

――そしたら白蓮にとっては、僕の代で跡継ぎがいなくなる方が都合がいいのか……。

そう考えると、一抹の寂しさが押し寄せるのは自分だけで、白蓮にとってはなんともないことなのだろうか……？

「それじゃ、僕がこのまま結婚しないで早死にした方が白蓮は嬉しいんだ」

「そういうことになるな」

あっさりそう肯定する彼が、憎らしい。

そう、『常磐様』との契約を解除するということは、白蓮との別れを意味する。

それでも、今は……まだそばにいてくれる。

「ふん、見てろよ。すぐ契約の解除方法見つけて、白蓮もお役目から解放してやるからな！　首洗って待っとけ！」

そう虚勢を張って宣言すると、白蓮は平素の皮肉な笑みを浮かべた。

「それは頼もしいことだ。せいぜい期待せずに待つとしよう」

「やっぱ、ムカつく！」

第二章

あやかしと一緒に、幽霊アパートに引っ越しました

「こちらのお部屋は南向きなので、日中の日当たりはいいですよ。少し駅から遠いですけど、その分家賃がお手頃ですしね」

まだ新米《しんまい》とおぼしき不動産業者の青年は、立て板に水のごとくまくし立ててくる。

ここは墨田《すみだ》区の下町。

近くには昔ながらの商店街があり、買い物にも便利な場所にある、築五十年越えの木造アパート。

かなり歴史を感じさせるが、２Ｋバストイレ付きで家賃は相場より安いので、一応予算内ではいい物件になるだろう。

内覧していたその一〇二号室をひと通りチェックすると、圭寿《けいじゅ》はアパート全体が見たいと廊下《ろうか》へ出た。

ざっと霊視してみたところ、そう凶悪な地縛霊《じばくれい》などは見当たらないが、古い霊はあちこちにいる。

もっとも、こういった無害なものはそこいら中にいるので、どこに住もうと避けられないのだが。

ふと見ると、小さな四、五歳くらいのおかっぱ頭の女の子がアパートの通路をパタパタと走ってくる。

　ボロボロの国民服に、モンペ姿。

　胸には縫《ぬ》い付けられた名札に名前が書かれているが、名字《みようじ》は消えかかり、かろうじて『君枝《きみえ》』という下の名前だけ読むことができた。

　その見た目から、恐らくは七十数年以上前の戦時中に亡くなった子どもの霊だろう。

　君枝は一人で楽しそうに飛び跳ねながら、圭寿の隣の角部屋の一〇一号室のドアの向こうへふっと消えていった。

「……どう思う？　白蓮《びやくれん》」

　自分も住むアパートなのだから連れていけとうるさい白蓮は、青年の姿で実体化し、隣でスマホを弄《いじ》っている。

　白蓮が霊体のままならもっと家賃の安いワンルームなどを選べるのだが、一緒に仕事をさせるとなると近所の人間にも目撃されてしまうのでそれもできず、やむなく広めの二人暮らし用物件を探している圭寿だ。

「事故物件登録サイトには載っていないな。あの様子では戦時中のまま、ずっとここにいるのであろう。見たところ害はないのではないか？」

　と、白蓮がスマホを操りながら答える。

　実質いつも白蓮がスマホを見ているので、圭寿は自分の物なのにほとんど手にできない状態なのだ。

「また、そんな俗《ぞく》っぽいサイトばっか見て」

「いいではないか。この板で昨今の人間界のことはほぼ網羅《もうら》できるぞ」

「網羅しなくていいの！　それよか、ちゃんとヤバそうなのいないかチェックしてくれよ」

圭寿にとっては幽霊が視《み》えるのは当たり前のことなのだが、できることなら住むところには邪悪な悪霊等がいないに越したことはない。

白蓮が無害だと判定したので、ここに決めようかと考えるが、白蓮は不満なようだ。

「もっと洒落《しゃれ》たマンションがいい。我が住むのに、こんなオンボロアパートはふさわしくない」

「ふざけんな。家賃いくらすると思ってんだ。どうせ、またすぐ引っ越すんだからいいんだよ」

ここに目星をつけたのも、家賃の安さプラス敷金礼金なしの物件だったからだ。

祖母の追跡を逃れるため、この先も短いスパンで引っ越すつもりでいる圭寿の金銭感覚は、実に堅実だった。

「だいたい、節約などせずとも、そなたは祖父から株の才を受け継いでおるのだから、食うに困ることもあるまいに」

「……それじゃ、駄目な気がするから」

祖父の株も才能も、恐らく『常磐様《ときわ》』からの祝福の力のおかげだ。

力を返上しようというのに、都合よくそれで儲《もう》けさせてもらうというのは、なにか違う気がするのだ。

「開業資金のためにお祖父様《じいさま》の力を借りちゃったけど、これからは占いカフェで食べていけるように頑張らないと！」

現在の店の売りは占いサービスで、それでリピーターも増えているけれど、カフェとしては本来ドリンクのおいしさだけで客の心を摑《つか》まないといけない。

そう力説すると、白蓮はふんと鼻を鳴らした。

「人間というのは、まっこと杓子定規《しやくしじようぎ》で非効率な生き物よのぅ。理解できん。人を無報《むほう》酬《しゆう》でこき使っておいて、こんなあばらやに住まわせるなど、貴様はブラック雇用主だ」

「だから、そういういらんことばっか憶えてくるなよ……」

ぶつぶつ文句を言うと、白蓮はスマホを操っていた指を止める。

「このアパート、やはり店子《たなこ》の出入りが激しいらしい。前の入居者のSNSを見つけた」

「ええっ？　どうやったんだよ？」

「あれこれ検索ワードを絞《しぼ》り込めば、簡単だ。前の住人は、小さい女子の霊が出て引っ越したと言っている。やはりここは『出る』と噂《うわさ》になっているようだな」

「なるほど、やっぱりあの女の子のせいで家賃が安いのか」

どうりで契約を急がせるわけだと合点《がてん》がいき、圭寿は再び部屋へ戻る。

「それで、いかがでしょう？」

待ち構えていた青年に問われ、圭寿はにっこりした。

「あの、ここって幽霊が出るって噂みたいですね」

「え……どこからそんな話を……？」

すると、とたんに青年の顔色が変わり、挙動不審になる。

「今はネットが発達してますからねぇ。で、本当のところはどうなんです？」

「こ、こちらは決して事故物件というわけではないので、我が社に告知義務はないんですよ？　そこはご理解くださいっ」

「前置きはいいんで」

「……はぁ、小さい女の子の霊が出たという目撃情報が多くて、店子の出入りが激しいのは確かです。で、でも一番苦情が多いのはお隣の一〇一号室なんで、このお部屋は大丈夫だと思います！」

彼の解説によると、なんでもこの辺りは太平洋戦争時代、東京大空襲で被害が大きかった地域らしい。

大勢の人間が火に包まれ、亡くなったので、浮かばれない霊が多くいても不思議ではない。

「それじゃ、オーナーさんと家賃交渉しましょうか」

それを聞き、我が意を得たりとばかりに、圭寿は再び爽《さわ》やかな営業スマイルを見せた。


幽霊話をネタに、格安だった家賃をさらに三千円値切り、圭寿はさっそくその部屋へ引っ越してきた。

とはいえ、ほとんど身一つで上京し、極力物を増やさないようにしてきた圭寿の荷物は必要最低限の家具だけだったので、引っ越し作業はあっさり終わってしまった。

なにしろテレビもなく、新しい部屋にも居間に衣装を入れるカラーボックスとローテーブル、それに寝室にしたもう一間に簡素なシングルベッドがあるだけだ。

その代わり、自炊《じすい》もするし店のドリンクを試作したりもするので、キッチンには小型冷蔵庫と調味料、調理器具など一式揃《そろ》っている。

「よし、大体片づいたな。引っ越しの挨拶《あいさつ》に行くぞ」

そう声をかけると、白蓮が露骨にいやな顔をする。

「圭寿一人で行けばよい。面倒だ」

「そうはいくかよ。一応『従兄《いとこ》』と二人暮らしってことになってるんだからな」

建前《たてまえ》上、白蓮は『五百城蓮《いおきれん》』と名乗らせ、従兄弟二人で移動式カフェを経営しているということになっているのだ。

気まぐれに霊体になったり実体化したりするので、扱いに困るのだが、白蓮に店を手伝わせている以上やむを得ない。

なので白蓮が好きな有名店のプリンを買ってやるからと物で釣り、渋々腰を上げた白蓮を連れ、圭寿はまずアパートの外へ出た。

後から不動産業者に聞いたのだが、このアパートの大家は同じ敷地内にある一軒家に住んでいるという。

まずはそちらへ挨拶に行こうとすると、敷地の庭には立派な生け垣があり、山茶花《さざんか》が咲いていた。

ふと見ると、花の前にはあの少女が立っていて、嬉しそうにそのピンクの花を眺めている。

「あの子だ……」

声をかけようかどうしようか迷っていると、少女は圭寿達に気づき、パタパタと走ってアパートの中へ消えてしまった。

すると、そこへ箒《ほうき》とちりとりを手にした老人が、大家の自宅から出てくる。

年の頃は、八十歳くらいだろうか。

年齢のわりにがっしりとした体格で、いかにも強面《こわもて》の男性だ。

「こんにちは。あの、一〇二に入居した五百城ですけど、大家さんですか？」

そう声をかけると、老人はじろりと圭寿を一瞥《いちべつ》する。

「あのこれ、つまらないものですが」

と、挨拶用に用意してきたタオルセットを差し出すと、大家はそれを無言で受け取った。

「あんたか、幽霊騒ぎにかこつけて、家賃を三千円値切ったってやつは」

「は、はぁ、すみません」

しまった、大家が物件近くに住んでいると、こういう弊害《へいがい》があるのだと気づいたが、あとのまつりである。

「ふん、どいつもこいつも、うちのアパートに幽霊が出るだのなんだのと難癖《なんくせ》つけてきおって。いい迷惑だ」

「あの……大家さんは見たことあるんですか？　その幽霊」

恐る恐る聞いてみるとまた睨《にら》まれ、圭寿は竦《すく》み上がる。

「あるわけなかろう！　幽霊なんぞおらん！」

「はいっ、すみません！」

大家の迫力に負け、圭寿は思わず謝ってしまう。

「とにかく、あんたらのような若いもんは共同生活のルールを守らんからな。くれぐれも揉《も》め事だけは起こさんでくれよ？」

「は、はい、もちろんですっ」

「なんじゃ、この頑固爺《がんこじじい》……もがっ」

白蓮が、この場の雰囲気《ふんいき》をさらに百倍悪化させそうなのを察知し、即座にその口を片手で塞《ふさ》ぎ、圭寿は愛想笑いをする。

と、そこへ、双子用ベビーカーを押した若い女性がアパートの敷地へ入ってきた。

すると大家の表情がさらに険しくなる。

「ちょっと、田島《たじま》さん。またおたくの赤ん坊の泣き声がうるさいって苦情来てるよ！」

そう声をかけられると、女性もきっと彼を睨みつける。

髪はド派手な金髪のショートカット。

耳にはいくつものピアスをつけ、ショッキングピンクのだぶついたセーターに白のミニスカートというギャルファッションの彼女は、まだ二十歳《はたち》前と思われる若さだ。

「いちいちうっせ〜な。赤ちゃんは泣くに決まってんだろ！」

「なんじゃ、その口の利《き》き方は？　まったく今時の若いもんは、躾《しつけ》がなっとらん！　子どもが子どもを産んでどうするんだ」

「はぁ？　うちのことに口出される筋合いないんですけど？　こんな幽霊が出るオンボロアパートに、住んでやってるだけでもありがたいと思えよな！」

——ヤバい……入居するとこの選択ミスったかな……。

年齢差約六十歳近い二人の壮絶《そうぜつ》なバトルがさらに険悪になりそうだったので、圭寿は慌てて割って入る。

「あの！　一〇二に越してきた、五百城と申します。これ、つまらないものですが！」

話を逸《そ》らすためにタオルセットを差し出すと、田島と呼ばれた彼女は「はぁ……どうも」とそれを受け取った。

そしてもう一度大家を睨みつけると、ぷいっとそっぽを向いてさっさとアパートへ入っていってしまう。

「ふん、まったく最近の若いもんは礼儀を知らん」

「そ、それじゃ僕もまだ引っ越しの挨拶が残ってるので、失礼しますっ」

圭寿もこの機を逃さず、そそくさとアパートへ戻った。

途中、玄関にある郵便受けを見ると、一〇三号室には『田島健次《けんじ》　萌果《もか》　海斗《かいと》　陸斗《りくと》』と表札が出ている。

さきほどの若い母親の名は、萌果というらしい。

「は〜〜怖かった。大家さんがすぐそばに住んでるのって安心かもしれないけど、良し悪《あ》しだな」

次の部屋を借りる時は気をつけよう、と心に誓う圭寿だ。

家出するまで、共同住宅に一度も住んだことがない圭寿にとっては、知らないことばかりだった。

それから上階の二〇二号室の住人に挨拶し、最後に隣の一〇一号室を訪れた。

問題の、少女の幽霊が住み着いている部屋である。

「はぁい」

いったいどんな住人が住んでいるのだろうか、と内心ドキドキしながらドアをノックすると、ややあってドアが開き、老婦人が顔を覗《のぞ》かせる。

七十代後半から八十歳前半くらいの女性で、痩《や》せ形だが矍鑠《かくしゃく》としていて、若い頃はかなり美人だったのではないかと思わせる風貌《ふうぼう》だ。

ちらりと見えた居間には、恐らく彼女の夫らしき男性の遺影が飾られていて、玄関には女性物の靴《くつ》が一組しかないので一人暮らしのようだ。

「初めまして、隣の一〇二に引っ越してきました、五百城と申します。これ、つまらないものですが」

と、圭寿が用意してきたタオルセットの包みを差し出す。

「あらあら、ご丁寧《ていねい》にすみません。お若いのに感心ねぇ。最近の人は引っ越しの挨拶なんて来ないらしいのに」

そこで、それまで黙って後ろに立っていた白蓮が、くん、と鼻を鳴らす。

「うまそうな匂《にお》いがする。なんの匂いだ？」

「こ、こら！　すみません、無礼な奴で」

慌てて圭寿が白蓮を叱《しか》るが、老婦人は笑って首を横に振った。

「ちょうど今、ひじきを煮たところだったの。たくさん作ったから、よかったら食べてちょうだい」

そう言って、いったん引っ込んだ老婦人は、ややあってタッパーに詰めたひじきの煮物を持ってきてくれた。

「なんか、催促《さいそく》しちゃったみたいですみません」

「いいのよ。私も先月ここに引っ越してきたばかりで、知り合いもいないの。私は飯沼絹《いいぬまきぬ》子《こ》と申します。これからよろしくお願いしますね」

そう言う絹子の背後では、例の少女の霊が部屋の中でぴょんぴょん飛び跳ねている。

が、結局なにも言えず、圭寿は礼を言って部屋へ戻った。

「ふむ、絹子はなかなか料理がうまいな」

「馴《な》れ馴《な》れしく呼び捨てにすんなよ、まったく」

戻るなり、さっそくひじきの煮物をつまみ始めた白蓮に、圭寿はあきれる。

「それはそうと、あの子やっぱり一〇一号室に居着いてるみたいだけど、絹子さん大丈夫かな?」

「どうせ見えぬのだから、問題なかろう」

「でもさぁ、一〇三の萌果さんだって幽霊がどうとか言ってたし、視《み》えてる人けっこういるだろ? それってまずいんじゃないのかな」

この世に未練があったり、なんらかの理由で成仏《じょうぶつ》できなかった霊は、現世に留まる時間が長ければ長いほど怨霊《おんりょう》化しやすい。

「そなたもお節介《せっかい》じゃのぅ。よけいな首を突っ込むなよ」

「……わかってるよ」


そして引っ越しして初めての晩、圭寿は早くも木造住宅の洗礼を受けることとなる。

隣の部屋の、一〇三号室の双子達の泣き声だ。

なにせ二人いるので、どちらかがいったん収まったかと思うと、また別の一人が泣き始めるという多重奏である。

「参った……木造アパートって、こんなに音が筒抜《つつぬ》けなんだ……」

まったく眠れず、圭寿はベッドの中でうずくまる。

最初に借りた部屋はたまたまコンクリート住宅の団地だったので、騒音問題はほとんど感じなかったのだ。

すると、霊体化して姿を消していた白蓮が現れ、圭寿のスマホでなにかを検索している。

「幽霊騒ぎがあったり、問題があって家賃が安い物件は、ほかで断られたような者達が集まるので、ご近所トラブルが起きる確率が高くなるらしいぞ」

「……そういうの、引っ越す前に教えてくれよ」

「はっ！　だから我がハイグレードマンションにせよと言うたであろうが。世間知らずのお坊ちゃまな、そなたの無知が招いた結果じゃ」

「白蓮にディスられんのは慣れてはいるけど、毎度ムカつくな！」

次の日、圭寿は生まれて初めて耳栓《みみせん》を買った。


それからしばらくして。

圭寿が赤ん坊の夜泣きに耳栓で対応し、そんな生活に慣れつつあった頃、たまたまアパート近くにある大型スーパーで、三ヶ月契約で駐車場スペースに出店させてもらえることが決まった。

キッチンカーでの営業には、当然出店場所の許可が必要になる。

個人ではなかなか貸してくれるツテが見つからないので、圭寿も出店場所を紹介してくれる企業に登録しているのだ。

季節が十一月ということで、今月の新商品はすり下ろし生姜《しょうが》を入れた熱々の甘酒だ。

甘酒には米麹《こめこうじ》から造ったものと、酒粕《さけかす》で造ったものの二種類あるが、未成年でも飲めるようにノンアルコールの米麹の方にした。

「寒くなってきたから、温かい甘酒が売れそうだな」

そう話しかけると、車中でスマホを弄《いじ》っていた白蓮が目線も上げずに「我が試飲してやるから、一杯振る舞え」と偉そうに言う。

「ふざけんな。蔵元選ぶ時、さんざん飲んだだろ」

「我をタダ働きさせるブラックバイトなのだから、店の商品くらい好きに飲ませろ」

「いやいや、ブラックって二言目には言うけど、白蓮が実体化してるのってスマホ弄りたいからだよな？　ロクに働きもしないくせに、文句だけは一人前だな！」

と、今日も今日とて圭寿の突っ込みが炸裂《さくれつ》していると。

「あらあら、ずいぶん仲がいいのねぇ」

ふいに声をかけられ、圭寿は振り返る。

すると、店の前に立っていたのは、隣の住人の絹子だった。

「あ、絹子さん」

「こんにちは。こんなに可愛《かわい》いお店をやってたのね」

言いながら、絹子は興味深そうに店の外観を眺めている。

「絹子さんはお買い物ですか?」

「買い物がてらのお散歩ね。一年前に膝の手術をして、お医者様にリハビリがてら運動するようにと言われてから、毎日夕方にウォーキングしてるの。あら、甘酒もやってるの?私、大好きなのよ」

「どうぞどうぞ。先日のひじき煮のお礼にご馳走《ちそう》しますよ」

「いいえ、駄目よ。お仕事なんだから、ちゃんとお金を取ってくれないと、また寄れなくなっちゃうわ」

絹子が頑強にそう言い張るので、ありがたく代金はいただくことにする。代わりに、好物だというすり下ろし生姜をたっぷりサービスした。

よいしょ、と椅子《いす》に腰掛け、ふぅふぅと冷ましてから一口飲むと、絹子は笑顔になる。

「ああ、おいしい。まさかお散歩の途中で甘酒が飲めるとは思っていなかったわ。これじゃ毎日寄り道しちゃいそう」

「ぜひ寄ってください。これからしばらく、ここで営業してますので」

圭寿がなにげなくそう答えると、絹子はなぜかはにかんだようにうつむく。

「こんなお祖母《ばあ》ちゃんに親切にしてくれて、ありがとう。子どももいなかったから、五年前に夫に先立たれてからは一人暮らしで。ここには引っ越してきたばかりだから、近くに友達もいなくて、人と話すのは久しぶりなの。嬉しいわ」

絹子の話では、夫亡き後も彼と暮らしていた公営団地に住みたかったのだが、そこが老《ろう》朽《きゅう》化で取り壊されることになり、やむを得ず今のアパートへ引っ越してきたという。

「もう、部屋を借りるのが大変だったわ。この年で一人暮らしだと、部屋で死なれては困るからってあちこちで断られて。今のアパートがやっと引き受けてくれたの」

恐らくそれは、幽霊騒ぎで店子《たなこ》の出入りが激しく、少しの期間でも部屋を埋めておきたい大家の意向のせいだろう。

つまり、幽霊が出る部屋なので、絹子が長くは住めずに出ていくだろうと踏んでいるのだ。

だが、なにも知らない彼女に、それを知らせることはできなかった。

ふと見ると、絹子のそばには、例のボロボロの汚れた国民服を着た裸足《はだし》の少女の霊がいる。

どうやらアパートから絹子についてきたようだ。

――参ったな……。

このままでは、絹子がとりつかれてしまうかもしれない。

そう案じた圭寿は、こう提案した。

いる。

「あの、よかったら占いどうですか？　ドリンク一杯注文で、一つだけなんでも占うサービスをやってるんですよ」

看板を指し示し、説明すると、絹子は「あら、圭寿くんは占い師さんなの？」と驚いている。

「信じてもらえないかもしれませんが、僕は亡くなった方や守護霊とちょっとだけ話せるんです。まぁ、当たるも八卦《はっけ》、当たらぬも八卦で、霊感占いみたいなものだと思っていただければ。なんでも気楽に聞いてください」

いつもの営業用の説明を繰り返すと、絹子は少し思案する。

「それじゃあ、毎晩私の部屋に遊びに来る小さな女の子は誰なのか、わかるかしら？」

「絹子さん……ご存じだったんですね」

てっきりなにも視えていないと思っていたので、圭寿は驚く。

「見えるっていうより、気配がするって感じかしら。なんとなく小さな女の子ってことだけはわかるのよ。夜になると押し入れから出てきて、私の枕元で遊んだりしているの」

それが不思議なことに、怖いという気持ちよりも、なぜ小さな子がこんなところに留まっているのだろうと気になってしかたがないのだという。

「えっと……戦時中亡くなったお子さんみたいです。防空頭巾を首の後ろにかけて、国民服……って言うのかな。それを着てモンペを穿《は》いてます」

「やっぱり、そうだったのね。実は私も、東京大空襲の頃にこの近くに住んでいたのよ」

と、絹子は思いもよらぬことを言い出す。

「え……そうだったんですか？」

聞けば、絹子は東京大空襲があった当時は六歳で、その直前に母親の実家がある北関東に疎開《そかい》していて危うく難を逃れたのだが、友達や近所の人達がたくさん亡くなったのだと語って聞かせてくれた。

「疎開先から戻ってきたら、この辺りは焼け野原でなんにもなくなってたわ。それでうちは引っ越して、別の場所で暮らしてたんだけど」

その後、夫と出会い結婚した絹子は、夫の仕事の都合で長らく神奈川県に住んでいたらしいのだが、一人になってふと故郷近くのことを思い出したのだという。

「終焉《しゅうえん》の地に、生まれ育ったここに戻ってくるのもいいかもしれない、なんて思ったの。そう……やっぱりあの頃から時が止まったままになっている人達が、まだこの地に留まっているのね……」

絹子の話では、毎晩寝ていると押し入れから出てきて枕元に座り込み、じっと絹子を見つめてくるという。

はっきりと見えるわけではないのだが、確かに気配がするのだと彼女は言った。

「怖いというより、なんだかかわいそうでねぇ。私だって、あと少し疎開が遅かったら同じ目に遭《あ》っていたかもしれないんだもの。なんとかしてあげられないかしら。なにをしてほしいのかしら？」

圭寿は、絹子の足許《あしもと》にしゃがみ込み、石で遊んでいる少女にどうしてほしいか尋ねると、少女は無邪気に『おなかすいた』と答える。

「……おなかが空いているって、言ってます」

「あら、今近くにいるの？」

それを伝えると、絹子は周囲を見回すが、今はわからないようだ。

そして、「そうね、当時はおなか一杯食べられなかったからねぇ。わかったわ、なにかおいしいものを供えてあげる」と頷《うなず》いた。

絹子が買い物をすると言ってスーパーへ入っていくと、少女の霊はふっと消えてしまった。

またアパートへ戻ったのだろう。

「なんであの子、あのアパートから離れないんだろう？」

「さあな、なにか離れられない事情があるのだろうよ」

興味なさげに、白蓮がそっけなく呟《つぶや》く。

「絹子もそなたに負けず劣らずお人好しじゃの。幽霊に飯を作るなら、我に振る舞えばよいのに」

「毎度毎度、さりげなく図々《ずうずう》しいな」

「ふん、何十年もこの地にしがみついてきた筋金《すじがね》入りの地縛霊《じばくれい》だぞ？　一つ要求を叶えてやれば、またその次と際限がない」

白蓮によれば、さほど霊感の強くない者にも多く目撃されていることから、あの少女の霊はこの土地になにかしらの執着を持っていて、年月が経つほど霊力を強めている状態だという。

「問題が起きねばよいがな」

「……やなフラグ立てるなよ」

だが、白蓮の指摘はもっともだ。

圭寿はこれからも絹子に声をかけて、様子を見守ろうと思った。

さて、圭寿がキッチンカーでのカフェ営業を始めてから、ようやく軌道に乗りつつある現在だが、もちろん最初から順風満帆《じゅんぷうまんぱん》だったわけではない。

キッチンカーでの営業を始めるにあたり、まず必要なのは食品衛生管理責任者の資格と営業許可証だ。

食品衛生管理責任者の資格は、食品衛生協会が実施している養成講習会の、計六時間ほどの講義を受講することで誰でも取得できるので、比較的簡単に手に入る。

営業許可は、キッチンカーで飲食物を販売する際、保健所で取得が必要な資格だ。

圭寿が経営している占いカフェでは『喫茶店営業』に該当《がいとう》する。

営業する県（政令都市の場合、市ごと）に許可が必要なので、圭寿はまず東京で許可を取ったが、しばらく都内を回って父の手がかりが掴めなければ神奈川や近隣の県にも移動するつもりだった。

食べ物は出さず、ドリンクだけだからと比較的気楽に考えていたのだが、いざ商売を始めてみると大変なことが多く、自分の読みの甘さを痛感させられる。

——やっぱり僕は、苦労知らずのお坊ちゃんなのかな……。

世間的にみれば、まだやっと二十歳《はたち》になったばかりの自分など子ども同然だろう。

だが、一人でやると決めたからにはなんとか頑張りたい。

フードはあらかじめ仕入れられる焼き菓子類しか置かないことにしたので、調理品を扱うキッチンカーよりは喫茶限定の方が数段楽だ。

それでもほかの店との差別化を図るために、圭寿は扱いやすく保存が利《き》くペットボトルの海外の高級ミネラルウオーターや珍しいジュースなども商品として仕入れていた。

むろん、新商品の開発も怠《おこた》らない。

占いが売りだが、ドリンクの味にもこだわらないとリピーターはついてくれないからだ。

「次の期間限定商品、柚《ゆず》ジャム入れた柚茶とかどうかな?」

「うまければなんでもよい」

「素晴らしく参考にならない意見を、どうもありがとう」

その癖《くせ》、試飲《しいん》させればあれこれ味にうるさいんだから、と、その日仕事を終えてアパートに戻った圭寿は、冷蔵庫の中身を確認しながらぶつぶつ文句を言う。

実家には幼い頃から高級店の贈答品などが常にあったので、圭寿が食べていたおやつも名店の品が多かった。

それが故に、それらを分け与えられていた白蓮もすっかり舌が肥《こ》えてしまったのが思わぬ弊害《へいがい》なのだ。

たまたま買い物をする時間がなかったので、夕飯はありあわせで済ませるしかない。

冷蔵庫には冷凍しておいた豚肉と白菜があったから、白菜のミルフィーユ鍋《なべ》にでもしようかなと考える。

「夕飯、ミルフィーユ鍋だけど、食う？」

「また鍋か。ワンパターンにも程があろう。いい加減料理の腕を磨《みが》いたらどうなのだ？」

「う、うるさいなぁ。これでも一人暮らし男子としては頑張ってる方だろっ」

実家では生まれた時からハウスキーパーが常駐していた生活だったので、圭寿は家出するまで料理の経験がまるでなかった。

とはいえ、まがりなりにも移動式カフェを経営するのだから、料理ができないなどと言ってはいられず、簡単なレシピからあれこれ練習し、なんとかビギナークラス程度の腕前には進歩したと思う。

昨今はスマホでレシピを見ながら料理できるので、とてもありがたい。

最近よく作ってる、豚バラと白菜のミルフィーユ鍋は、豚バラ肉と白菜を交互に重ねたものを鍋にこれでもかというほど詰め込み、水と鶏ガラスープの素を加えて煮込むだけの簡単料理だ。

醬油《しょうゆ》に酒、塩にニンニクを入れることもあるが、味つけは最低限にしてポン酢につけて食べるのもおいしい。

「文句言う人は食べなくていいです～。作ってもらえるだけありがたいと思えよな！」

今日のシメは雑炊《ぞうすい》じゃなく餅《もち》にしちゃおっかな～と聞こえよがしに呟くと、白蓮がぴくりと反応する。

彼は餅が好物なのだ。

ちなみになにかあって白蓮に言うことを聞かせたい時のために、圭寿はいつも餅を常備している。

一番効果があるのはスマホとパソコンで、次点が餅だ。

ワガママなあやかしと暮らすには、こちらもなにかと知恵が必要なのである。

「鍋を一人で食べても空《むな》しかろう。しかたない、付き合ってやる」

「残ったら明日も食べるから、いいんだよ！」

すったもんだの末、結局白蓮は当然のごとくテーブルの前に座っているので、圭寿は鍋をよそってやる。

なんだかんだ言いつつ、一人で食べるのはつまらないので白蓮が付き合ってくれると嬉しい。

「どう？　うまい？」

「腕前がどうこうというレベルの料理ではなかろう」

「そこは作ってもらってるんだから、お世辞《せじ》でもうまいって言うとこだろ！」

二人で豚バラと白菜を平らげると、出汁《だし》がよく染み出した残りに餅を放り込み、卓上コンロでトロトロになるまで煮る。

餅は軟らかい方がうまいという点では、二人の意見は珍しく一致しているので、幸いここでのモメごとは起こらなかった。

「……あ」

「なんじゃ？」

「絹子さんにあの幽霊の子の名札のこと、言うの忘れた」

『君枝』と書かれていたので、あの少女の名は君枝と言うのだろう。

「教えずともかまわぬだろう。知り合いでもあるまいし」

白蓮がそう答えた時、玄関のインターフォンが鳴った。

「はい」

圭寿がドアを開けると、廊下《ろうか》に立っていたのは絹子だった。

「こんばんは。もうお夕飯終わってしまったかしら？　今日は肉じゃががおいしく煮えたんだけど、少し作り過ぎちゃって」

と、持参してきたタッパーを差し出す。

「おお、絹子の煮物はうまいから大歓迎じゃ。ありがたく馳走《ちそう》になろう」

「こ、こら、図々しいぞっ」

圭寿が白蓮の無礼を咎《とが》めるが、完全無視される。

「絹子も餅を食うか？　うまいぞ」

白蓮は、よほど絹子の煮物の味が気に入っているのか、人間に対して普段は無愛想なくせに、今回ばかりはやけに愛想がいい。

「ありがとう。でも私も夕飯を済ませちゃったから、お気持ちだけいただくわね。それであの……こないだの女の子のことなんだけど」

どうやら本題はそれだったらしく、絹子は言い淀《よど》む。

「なにかあったんですか？」

若い男性の部屋に上がるのは抵抗があるだろうと、玄関先で座布団を勧めると、絹子は礼を言ってそれに腰を下ろす。

絹子の話によると、前回の占いから約一週間ほど経ったが、毎日窓辺に少女のために水とお菓子などを供えてあげていたらしい。

だが、依然として毎晩少女の霊は現れるのだという。

「しかも昨日の晩は、耳許《みみもと》で『きぬちゃん？』って、名前を呼ばれたような気がしたの。

私の勘違いかもしれないんだけど……」

「名前を、ですか？」

「それで、やっと思い出したの。あの子、もしかしたら君枝ちゃんじゃないかしら」

君枝というのは、絹子の実家がこの辺りにあった頃、近所に住んでいた幼馴染《おさなな じ》みの少女で、年上の絹子がよく世話をしてやったので懐いていたらしい。

君枝も、絹子が疎開《そかい》している最中の東京大空襲で亡くなったと、後から聞かされたのだと言う。

「……すみません、言い忘れてたんですけど、あの子は胸に君枝と書かれた名札を縫《ぬ》いつけてました」

「それじゃやっぱり、あの子は君枝ちゃんなのね……」

昔のことを思い出したのか、絹子は瞳を潤ませる。

「なんてことかしら……こんなに時が経ってまた会えるなんて……運命って不思議ね。私はすっかりおばあちゃんになってしまったけれど、君枝ちゃんは昔のままなのね」

絹子は、子ども時代共に遊んだ幼馴染みとの思わぬ再会に、ひどく感傷的になっているようだ。

「絹子さん、同情したくなるお気持ちはわかりますが、君枝ちゃんは既にあちらの世界の存在です。どうかあまり引きずられないようにしてくださいね」

老婆心《ろうばしん》から、圭寿はついそんなことを言ってしまう。

「ええ、そうね。でも……私ではお母さんの代わりには到底なれないだろうけど、せめて早く成仏《じょうぶつ》できるように、君枝ちゃんの気が済むまで一緒に遊んであげたいの。お母さんにたくさん甘えたかったのに、できなかったんだから……」

「絹子さん……」

充分気をつけるから、と言い置き、絹子は自分の部屋へ帰っていった。

「大丈夫かな、絹子さん……」

「我らが案じてもしかたなかろう。絹子が決めたことだ」


その翌日。

いつものようにスーパー前の駐車場で店を営業していると、ふと見覚えのある人物がこちらへ歩いてくるのが見えた。

双子用ベビーカーを押した、萌果だ。

「あ、萌果さんだ」

だが、どこか様子がおかしい。

ぼんやりとベビーカーを押し、時折空を見つめたままフリーズしている。

——なんだか、すごく疲れてるみたいだな。

あの夜泣きで、隣の部屋の圭寿も苦労しているくらいなので、萌果はほとんど眠れていないのだろう。

そう察すると、彼女が気の毒になった。

「萌果さん」

何度か声をかけても気づかないので、圭寿は車から降りて歩道へ走っていった。

「こんにちは」

近くまで行ってようやく圭寿に気づいた萌果は、きっと睨《にら》みつけてくる。

「な、なに？」

「隣の部屋の五百城です」

「……なによ、あんたも苦情？　どうせ泣き声がうるさいって言うんでしょ。そんなのあたしが一番よくわかってるし！」

はなから敵意剝き出《むきだ》しの萌果は、ひどく過敏になっているようだ。

恐らく今のアパートに越してくる前から、近所の人間に夜泣きがうるさいと苦情を受けていたのだろう。

「違いますよ」

「……え？」

「赤ちゃんは泣くのが仕事だから。それより萌果さんは少しは眠れてる？　すごく疲れた顔してるよ」

圭寿がそう心配すると、萌果は黙り込んだ。

「うち、そこで占いカフェやってるんで、よかったら一息入れていきませんか？」

拒《こば》まれるかなと思ったが、予想に反して萌果は大人しくベビーカーを押し、圭寿の店の前までついてきた。

「今、一推しのすり下ろし生姜《しようが》入り甘酒です。温まりますよ」

アツアツの甘酒を出してやると、萌果は少しためらった後、一口それを啜《すす》る。

「……おいしい」

そしてそう呟《つぶや》くと、いきなりボロボロと大粒の涙を零《こぼ》した。

「も、萌果さん……？」

「あたしだって一生懸命やってるのに、なにしても泣き止まないんだもん……前のアパートだって、夜泣きがうるさいってすごい苦情言われていられなくなって、引っ越したのに」

聞けば、今のアパートに決めたのも、幽霊騒ぎがあるところなら住人もあまりいないだろうから、文句を言う人の数も少ないだろうという理由からだという。

「ダンナも夜は手伝ってくれるけど、仕事忙しくて昼間はワンオペだし、もう限界……ちょっとでいいから眠りたい……」

悲痛な叫びに、圭寿と白蓮は顔を見合わせる。

なんとかしてやることはできないだろうか？

「ご実家のご両親に頼ることはできないの？」

「……ママは萌果が中学の頃、病気で死んじゃってるから。パパは近くに住んでるけど、萌果が妊娠《にんしん》して高校中退しちゃったから、すごく怒ってる。十七で妊娠中にダンナと結婚するって言ったらカンドーだって追い出されてから、もう一年会ってない」

「……そうなんだ」

萌果の事情を聞き、圭寿はふと思いつく。

「そしたら、亡くなったお母さんのアドバイス、聞いてみようか？」

「……え？」

不思議そうな萌果に、圭寿は占いカフェの看板を指差す。

「当たるも八卦《はっけ》、当たらぬも八卦。ドリンク一杯で一つだけ質問に答えるよ。お母さんに聞きたいこと、ある？」

「……萌果、どうしたらいいかママに聞きたい」

「わかった」

圭寿は目を閉じ、萌果の母親にコンタクトを試みる。

現れたのは、三十代後半から四十歳くらいの女性だ。

目許《めもと》が萌果によく似ているので、すぐに母親だとわかった。

「ママ、なんだって……？」

「お父さん、本当はすごく萌果さんのことを心配して、毎日仏壇《ぶつだん》でお母さんに相談してるって。でも勘当《かんどう》だって啖呵《たんか》切っちゃった手前、頑固なので自分からは歩み寄れない。だから、萌果さんからお父さんに会いに来てほしいって言ってる。きっと助けてくれるからって」

それを聞いても、萌果はまだ半信半疑といった表情だ。

「お母さん、シュークリームが好きだったんだってね」

「……どうして知ってるの？」

「本人が言ってる。お父さん、今でも月命日に仏壇にお供えしてくれるんだって」

「……そう、パパ、ママが死んじゃってから、ずっとそうしてた……」

それは見て知っていたのか、萌果が同意する。

「次の月命日は明後日だから、シュークリーム持って会いに行って、ママにお線香あげたいって言ったらパパは意地張れないよって笑ってる」

「……ママ、ほんとにママだ……パパの弱点、よく知ってるんだよ」

「それと……お母さん、萌果さんの赤ちゃん達のお世話したかったって言ってたよ。手伝えなくてごめんねって」

それを聞き、萌果は再び号泣する。

「ママ……ママに会いたいよ……」

無理もない、萌果はまだ未成年なのだ。

だが、彼女は母親になった。

そして、気が済むまで泣くと、マスカラが剝《は》げた顔を上げ、すん、と鼻を啜る。

「……わかった。ママの言う通りにする。実家に行ってパパに、海斗と陸斗を見せるって伝えて」

「萌果さん、お父さんとうまく和解できたかなぁ……」

ぼそりと呟くと。

「まったく、そなたは霊能者に向いておらぬ。医者が手術する患者すべてに感情移入して、その度《たび》引きずられておったら身体《からだ》がいくつあっても足りぬであろうが」

「……そんなの、わかってるよ……」

白蓮の指摘はもっともで、圭寿はぐうの音《ね》も出ない。

だが、心配なものは心配なのだ。

仕事を終えアパートに戻ると、実体化するのが面倒になったのか、霊体化した白蓮はふわふわと優雅に空中を漂いながら圭寿をディスり続ける。

「このたわけが。今度は君枝捜しをしながら、なにを言っておる。まったくわかっておらぬではないか」

ますます痛いところを衝《つ》かれ、圭寿は聞こえないふりをするしかない。

なんとか早く君枝を説得して成仏させないと、絹子がどうなるかわからないのが心配で、最近の圭寿は仕事が終わると、夜にはこうしてアパートのあちこちを回っては君枝の霊を捜している。

見かけては追いかけ、声をかけようとするのだが、いつもチョロチョロと逃げられてしまうのだ。

「ふふ、あそぼあそぼ！」

君枝が、楽しそうに笑う。

どうやら君枝は圭寿と鬼ごっこをしているつもりのようだ。

「待って！　君枝ちゃんは、どうしてずっとここにいるの？」

ようやくのことで追いつき、そう語りかけると、君枝は少し思案するように首を傾《かし》げた。

「えっと……えっとね、なんでだったかな？」

あまりに昔のことなので、本人も理由を忘れてしまっているようだ。

「わかんない……」

「そっか。君枝ちゃんはもう、この世の人ではないんだ。だから、お父さんとお母さんが待ってる天国に……」

そう説得しようとすると、君枝はぱぁっと笑顔になる。

「かあちゃん！　かあちゃんがうごくなってゆった！」

「え……？」

「かあちゃん……」

母親を思い出して寂しくなってしまったのか、君枝は半べそになる。

「かあちゃん、どこ？」

「お母さんは天国にいるよ。君枝ちゃんが来るのをずっと待ってるよ」

すかさずそう言うが、君枝はピンときていないようだ。

「かあちゃん……かあちゃん……」

そう呟くと、ふっと消えてしまう。

「待って、君枝ちゃん！」

慌てて追いすがるが間に合わず、圭寿は途方に暮れた。

「逃げられたな」

近くで傍観《ぼうかん》していた白蓮が言う。

「子どもの霊に常識は通用せぬから、厄介《やっかい》だと申したであろう」

「……はい、その通りでした」

前途多難な状況に、圭寿は途方に暮れるしかなかった。

それから、また一週間ほどが経過して。

スーパー前でいつものように店を開いていると、ベビーカーを押した萌果が小走りでやってきた。

「ゴッキー！」

誰のことだろうと不思議に思っているうちに、萌果が店の前まできてにっこりする。

「こないだは占いありがとね、ゴッキー」

どうやら萌果は『五百城』の表札を『ごひゃっき』と読んでいるらしく、勝手に明後日《あさって》な方向のあだ名をつけられていて面食らう。

なにより、黒光りしたあの生き物を連想させるので、やめていただきたい。

「あ、あのね、うちの名前はいおきって読む……」

「ママの月命日にね、めっちゃ勇気出して家に行ってきたよ。ママに言われた通り、シュークリーム持って」

「そうなんだ。どうだった？」

あだ名のことはいったん置いておいて、圭寿は話の先を促す。

「追い返されるかなって覚悟しながら、ママにあげてってシュークリーム出したら、パパすっごい怖い顔したけど家にあげてくれた。それで、もっと早く来るもんだってめっちゃ叱《しか》られた」

叱られたというわりに、萌果は嬉しそうだ。

彼女の話によると、父親は母親の霊が言っていた通り、意地を張った手前自分からは連絡できなくて、いてもたってもいられない思いだったようだ。

「で、萌果、高校中退しちゃってごめんねって謝って、でも今は一生懸命海斗と陸斗を育ててるから応援してねって言ったら、パパ泣いちゃった」

双子と初めて対面した萌果の父親はもうメロメロで、これからもちょくちょく連れてくるようにと言ってくれたのだという。

さらに地域での育児支援センターなどの情報を調べて、手配までしてくれたらしい。

「萌果の友達はまだ結婚もしてないから子どももいないし、毎日がいっぱいいっぱいでそういう助けてくれるとこがあるのも知らなかったんだ。思い切ってパパのとこ行って、ほんとによかった。ありがとね、ゴッキー」

「よかったね、本当に」

なにより萌果に笑顔が戻ったことが嬉しくて、圭寿もつられてにっこりする。

すると、それまで黙って聞いていた白蓮が言った。

「買い物に行ってくるがよい。赤子は我が見ていてやろう」

「え、いいの？」

「むろんだ。この圭寿も、我が育てたようなものなのだからな」

「え……⁇」

萌果が不思議そうな顔をしたので、圭寿は彼女に見えないようにこっそり白蓮に肘鉄を食らわす。

「そ、それは僕が赤ん坊の頃、子どもだった彼が遊んでくれてたっていう意味だよ。あはは」

「へぇ、二人はちっちゃい頃から仲よかったんだぁ」

キッチンカーの後部から外へ出てきた白蓮にベビーカーを託し、萌果は「十分で戻ってくるからよろしくね！」とスーパーへ駆け込んでいった。

「どれ、我があやしてやろう」

白蓮は店の前をベビーカーを押して歩き回りながら、ご機嫌だ。

「白蓮、人間嫌いなくせに子どもは好きなんだ」

「赤子はよいぞ。清らかな気を放っていて、癒《い》やされるし、なによりよけいな口を利《き》かぬからな」

白蓮にあやされて、双子達も小さな手を伸ばしてきゃっきゃと喜んでいる。

「そなたも、これくらいの時分が一番愛らしかったのぅ。今ではすっかり生意気になりおって」

「その愚痴《ぐち》、もう百万回聞かされたんで、いいかげんやめてくれる？」

そこへドリンクを買いに寄った女子高生達が集まり、店の前はにわかに賑《にぎ》やかになる。

「わ、双子の赤ちゃんだ」

「可愛《かわい》い～！」

すると大きな買い物袋を提げた萌果が、本当に十分足らずで戻ってきた。

彼女は白蓮に礼を言い、その後で圭寿に「時間ないから、テイクアウトで」と甘酒を一杯注文した。

そして、「今日は占いはいいから、ママにありがとって伝えてくれる？」と告げる。

圭寿は、萌果の隣に佇《たたず》む彼女の母親の霊が笑顔なのを見て、「言わなくても、もうちゃんと萌果さんの気持ちは伝わってるよ」と教えたのだった。

◇　◇　◇

ウーウー、とけたたましいサイレンの音が鳴り響く。

うるさいなぁ、なんの音だろうと顔をしかめるが、圭寿はふと気づくと、どこかの家の庭先に立っていた。

周囲は真っ暗なので、どうやら夜らしい。

ふと見ると、庭には垣根《かきね》代わりにみごとな山茶花《さざんか》が植えられていた。

時期的に花は咲いていないが、アパートの敷地にある葉と同じなので、さして植物には詳しくない圭寿にもわかる。

――ここ、もしかしてアパートなのか？

それにしては、目の前にある建物はかなり古びた日本家屋だし、周囲の景色もなにもかもが違う。

なぜ、こんなところに？

考える間もなく、周囲の家から荷物を抱えた人々が飛び出してくる。

「く、空襲だぁ……！　防空壕《ぼうくうごう》へ入れ！」

「逃げろ！」

——え、空襲⁇

戸惑っているうちに、その家のガラス戸が開き、中から防空頭巾を被《かぶ》った若い母親と小さな女の子が縁側から庭に降りてきた。

母親が、庭の隅に掘られた防空壕の木の扉を開け、娘を中へ入れる。

「君枝！　早く中に入って！」

——君枝ちゃん……？

母親に手を引かれていたのは、あの君枝だったので、思わず圭寿も後をついていくが、二人には自分の姿は見えていないようだ。

庭土を掘って造った防空壕は、一応木材で土が落ちてこないように補強されてはいたが、かなり狭い。

大人三人入るのが、やっとの大きさだ。

母親はしっかりと扉を閉め、君枝を抱えてうずくまる。

ドーン、ドーンと鈍い爆発音が聞こえてきて、近くに焼夷弾《しょういだん》が落ちたのがわかった。

爆発の衝撃で地響きがして、頭上からパラパラと土が降ってくる。

「かあちゃん、こわいよぅ」

「大丈夫、大丈夫よ」

怯《おび》える君枝を抱きしめながら、母親は必死に宥《なだ》める。

「君枝は強い子でしょう？　お父さんはお国のために必死に戦ってらっしゃるんだから、君枝も強くならなきゃ。ね？」

「……うん」

しゃくり上げながらも、母の言うことを理解したのか、君枝は泣き止む。

爆撃はしばらく続き、ようやく収まった頃、防空壕の入り口が何者かによって叩かれた。

母が中から開けると、煤《すす》だらけになった中年女性が顔を覗《のぞ》かせる。

「よかった、二人とも無事だったんだね」

女性はどうやら近所の人間らしく、三人で再会を喜び合う。

「それより角の吉田《よしだ》さんの家に焼夷弾が落ちて、燃えてるんだよ。あそこから火の手が広がると、この町内は火の海になっちまう。今、皆で消火作業してるから、手伝って！」

「わ、わかりました」

母親は君枝を一人残していくことに不安そうだったが、断るわけにもいかず君枝の肩を抱き寄せる。

「君枝、母ちゃんは火を消しにいってくるから、母ちゃんが戻るまでここで待ってるんだよ？　絶対に外へ出てはいけないよ？　約束できる？」

「うん、できる！」

本当は一人で心細かったけれど、君枝は母のためにそう虚勢を張って平気なふりをしているようだった。

後ろ髪を引かれながら母達が出ていき、一人防空壕に残された君枝は、防空頭巾の上から両耳を塞《ふさ》いで小さくうずくまる。

怖くない、怖くない。

だって、かあちゃんはすぐ戻ってくるって言ったもん。

しばらくすると、いったんは収まっていた爆撃音が再び聞こえてくる。

怯える様子の君枝をなんとか励《はげ》ましてやりたかったが、圭寿は自分が思うようには動けない。

ただ、見守るばかりだ。

やがてかなり近くで大きな爆発音が響き、地面が揺れた。

なんだか、妙に暑くてたまらない。

暗いよ。

怖いよ。

暑いよ。

「かあちゃん、はやくもどってきて……はやく……」

君枝が心細さに泣きじゃくりながら、そう繰り返す。

なぜだかひどく、いやな予感がした。

「君枝ちゃん……！」

触れられなくても彼女を守りたくて、圭寿は咄嗟《とっさ》にその小さな身体《からだ》を庇《かば》うように覆《おお》い被《かぶ》さる。

そして、凄《すさ》まじい高温と熱気が襲ってきて。

すべてが暗転する。


はっと目を開けると、そこはアパートのベッドの上だった。

もう十一月だというのに、背中にはぐっしょりと寝汗を掻《か》いている。

今のは夢だったのだろうか、と首を巡らすと、枕元には君枝がしゃがみ込んでいたのでギクリとした。

見ると、君枝は小さな手で圭寿の左手を握っている。

「もしかして……今のはきみが見せてくれたの？」

それには答えず、君枝はそのままふっと消えてしまった。

「どうした？」

圭寿の異変に気づいたのか、霊体化した白蓮が姿を現す。

「……君枝ちゃんは、防空壕でお母さんが迎えに来るのをずっと待ってるんだ」

だって、約束だから。

君枝は強い子だから、母ちゃんが迎えに来るまで、ここを動かないって約束したから。

推測になってしまうが、恐らくあの後の爆撃で、消火活動に駆り出された母親も、防空壕に残された君枝も亡くなったのだろう。

だが、幼い君枝には自分が死んだことが理解できず、七十数年以上経った今でもまだ母親との約束を守り続けているのだ。

「たぶん、絹子さんの部屋の押し入れ辺りが、その防空壕があった場所なんだ……」

君枝の一途《いちず》な気持ちを思うと、圭寿はやるせない思いがした。

一方、圭寿は絹子のことも気がかりで、ひそかに案じていた。

とはいえ、いくら隣といってもそう頻繁《ひんぱん》に様子を窺《うかが》うのもおかしなものなので我慢しているのだが、ここしばらく日課にしているウォーキングもしてないようで、まったく姿を見かけないのだ。

すると、数日ぶりに絹子がウォーキングにやってきたので、圭寿はほっとして店の中から声をかける。

「絹子さん、こんにちは」

「こんにちは。はぁ、少し休ませてもらおうかしら」

アパートからスーパーまでは歩いて十分もかからない距離だというのに、絹子は大儀《たいぎ》そうに椅子《いす》に腰掛け、甘酒を注文する。

心なしか顔色も悪く、全身から疲れが滲《にじ》み出ているように見えた。

「なんだか体調がよくないようですが、大丈夫ですか？　ひょっとして君枝ちゃんと、ずっと遊んでいるんですか……？」

よけいなお世話かとは思ったが、思い切ってそう水を向けると絹子は苦笑する。

「実はそうなのよ。君枝ちゃん、夜に遊びに来るから、昼夜逆転の生活になっちゃって」

絹子の話では、君枝は夜になると押し入れから出てきて、絹子が用意しておいた折り紙やおはじき、あやとりなどをして一緒に遊ぶのだという。

「不思議なんだけど、最初は気配を感じるくらいだったのに、今ではもう普通の人間みたいにはっきり見えてるの。まるで生きてるんじゃないかと錯覚《さっかく》するくらい」

嬉しそうに微笑《ほほえ》む絹子は、既にこの世の人ではないように見えて、圭寿は背筋がぞっとするのを抑えられなかった。

すると、それまで黙っていた白蓮が口を開く。

「絹子、かつての知り合いであったとしても、今の君枝はこの地に縛られておる地縛霊《じばくれい》じゃ。人の身で関わると、そなたの命も危うくなるぞ」

だが、それを聞いた上でも絹子は曖昧《あいまい》な笑みを浮かべる。

「でも、お母さんに思い切り甘えたかったのに、それが叶わなかった君枝ちゃんを見ると気の毒でねぇ……。私にできることなら、なんとかしてあげたいと思ってしまうのよ」

「絹子さん……」

「二人とも、心配してくれてありがとうね。でも君枝ちゃんも、もう少し遊んだら気が済んで天国に行く気になるかもしれないから」

甘酒を飲み干すと、絹子はご馳走《ちそう》さまと礼を言い、スーパーで買い物を済ませてアパートへ帰っていった。

いつもならウォーキングの後に買い物をするのに、今はその元気もないようだ。

「君枝の霊がはっきり見えるようになっているのは、絹子があちらの世界へ引きずられかけておる証《あかし》だぞ」

「……どうしよう。どうしたらいいんだろう……？」

絹子は完全に君枝に情が湧いてしまっていて、正常な判断ができなくなっている。

こうなっては一刻も早く君枝の霊を成仏《じょうぶつ》させねばならないのだが、でもどうやって……？

——僕に、浄霊《じょうれい》や除霊《じょれい》の能力があったら……。

自分にできるのは、ただ霊と話すことだけだ。

圭寿は改めて、己の無力さを嚙《か》み締めた。

だが、圭寿はあきらめなかった。

時間があればアパートのあちこちを回って君枝を捜し、なんとか説得しようとするのだが、いつもするりと逃げられてしまう。

さんざんその鬼ごっこに付き合わされ、その日もようやくいつもの山茶花《さざんか》の前にいる君枝を発見する。

自分の家の庭に咲いていた山茶花の花が大好きだった君枝は、その場所がお気に入りのようだ。

「君枝ちゃん、絹子さんはきみのために無理をして、とても疲れているんだ。彼女はきみの本当のお母さんじゃない。本当のお母さんが待っている天国へ行った方がいいよ」

すると、君枝はきっと圭寿を睨《にら》んできた。

「……きぬちゃんは、きみえのかあちゃんになってくれるっていった！　きみえはきぬちゃんと、ずっとずっといっしょにいたい……！」

「君枝ちゃん……」

君枝の気持ちもわかるだけに強くは言えず、圭寿には返す言葉がない。

なんとか、君枝のためにしてやれることはないものか？

考えに考えた末、ふとあることを思いつく。

「山茶花の生け垣《いがき》に供え物？」

大家が敷地内の掃《は》き掃除《そうじ》をしている時を狙い、思い切って頼みに行くと、案《あん》の定《じょう》不審そうな顔をされた。

「いったい、なんだってそんなものが必要なんだ？」

「それが、ですね……」

到底信じてはもらえないだろうなと覚悟しつつ、圭寿はあの少女の幽霊が戦前この土地にあった家の子であること、母親と約束したので、七十数年以上経った今もまだ防空壕から出られず、ここから離れられないこと、彼女の家の前には立派な山茶花の生け垣があり、彼女はそれが好きだったことなどを話した。

すると、聞き終えた大家はぎろりと目を剝《む》く。

「そんな荒唐無稽《こうとうむけい》な話が信じられるか。この世に幽霊なんぞおらん！」

「……はぁ」

いかにも非科学的なことは信じなさそうなタイプなので、大家の反応は想定内だったのだが。

「で、でも実際アパートで君枝ちゃんの霊が目撃されて、お部屋空いてるじゃないですか？」

恐る恐る反論すると、再びじろりと睨まれる。

「あんなものはただの因縁《いんねん》だ！　誰かさんのように、幽霊騒ぎで家賃をまけろと言うためのな」

「……大家さん、めっちゃ根に持ってますね」

これはもう無理か、とあきらめかけるが。

「……じゃが、確かに昔からうちの敷地には山茶花の生け垣があって、それはみごとだったとよく親父《おやじ》が自慢しとった」

聞けば、君枝の家にあったものは彼女と母親の命を奪った爆撃で燃え尽きてしまい、その後現在のアパートを新しく建てた際に大家の父親が植え直したものらしい。

「……なぜ、あんたが、戦前からここに山茶花の生け垣があったことを知っている？」

「君枝ちゃんから、教えてもらったんです」

そう答えると、大家はむぅっと押し黙る。

「できたら、でいいんですけど、大家さんも君枝ちゃんの冥福《めいふく》を祈ってあげてもらえませんか？　きっと喜ぶと思うので」

　と、そこへちょうどアパートからベビーカーを押した萌果が出てきた。

「あれゴッキー、なにしてんの？」

「えっと、その……」

　信じてもらえないと思いつつも、思い切って彼女にも一連の事情を説明してみる。

　幽霊が出るとただ恐れ、毛嫌いするだけではなく、少しだけでも君枝のことを知ってもらいたいと思ったから。

　鼻で笑われるのを覚悟したが、萌果はこってりとマスカラを塗った大きな瞳を瞬かせる。

「そっか、あの女の子、君枝ちゃんっていうんだぁ」

　最初はそんな調子で好奇心半分だった萌果だが、君枝が母親に言われて防空壕から離れられないことを伝えると、いきなりボロボロと大粒の涙を零《こぼ》して泣き出した。

「ど、どうしたの⁉」

「だって……君枝ちゃん、かわいそうじゃん。ママの言うこと、ちゃんと守ってるんだぁ。君枝ちゃんママもかわいそう」

　と、鼻を啜《すす》り上げている。

「萌果、難しいことはよくわかんないけどさ、ママの気持ちはわかるよ。萌果も毎日寝不足で倒れそうだけど、海斗と陸斗が可愛《かわい》いから、必死に子育てしてるもん。こんなに大事に大事に、一生懸命育てたのに、国が始めたワケわかんないセンソーとかで子どもの命取られて、ナットクできるわけないじゃん？」

そんなん、絶対ダメだよ、と萌果は呟《つぶや》く。

「萌果さん……」

すると、それを聞いていた大家が、ぼそりと言った。

「……わしの年の離れた長兄も、南の島で戦死した。遺骨すら戻らず、木箱の中には石が一つ入っているだけじゃった」

「大家さん……」

言われてみれば、絹子と同年代の大家も、戦争当時は六、七歳だったはずだ。

聞けば、当時徴兵《ちょうへい》されたのは父親と長兄で、父は敗戦後になんとか命からがら戻ってきたが、南の島に配属された長兄はついに戻らなかったらしい。

「言葉の通じん異国で、さぞ故郷に帰りたかっただろうに。わしも大空襲を経験した。ありゃあ、この世の地獄じゃった。あんなひどいこと、もう二度と起こっちゃいかん。二度とだ」

実際に戦争を体験している大家の言葉は、短かったがひどく重みがあり、圭寿と萌果は言葉を失った。

しんみりしてしまったのに気がついたのか、大家は照れ隠しに咳払《せきばら》いする。

「とにかく、だ。なにも考えておらん頭の悪い小娘かと思ったが、一応人としての道理だけはわきまえておるようだな」

「はぁ？　なに上から言ってんの？　オーヤさんだって見かけによらずいいとこあるじゃん。オニの目にも涙ってやつ？」

「誰が鬼じゃ、まったく」

今まで険悪だった二人は、相変わらず言いたいことを言い合ってはいるが、そこには今まではなかった、相手に対する一抹《いちまつ》の敬意と尊敬が含まれているように圭寿には見えた。

「あ、そしたら、萌果もお供え物あげるよ！　これ、うちの子のおやつなんだけど」

と、萌果は大きなママバッグから卵ボーロを取り出した。

「わしはまだ、許可しとらんぞっ」

大家がそう抗議してきたが、萌果が「いいじゃん、ここを君枝ちゃんが天国行けるようにお祈りの場にしようよ」と勝手にお菓子を祭壇《さいだん》のごとく飾り始めた。

「大家さん……」

圭寿が固唾《かたず》を呑《の》んで、大家の返事を待っていると。

「……まったく、しょうがない連中だ。どれ、うちにも、貰《もら》い物の煎餅《せんべい》があったかな」

大家もいったん家に入り、小包装された数枚の煎餅を手に戻ってきた。

「ありがとうございます……！」

思わぬ形で皆が協力してくれたのが嬉しくて、圭寿は胸が熱くなる。

「そしたら、皆で君枝ちゃんの成仏《じょうぶつ》を祈りましょうか」

圭寿がそう音頭《おんど》を取り、三人で山茶花の前で両手を合わせた。

――君枝ちゃん、きみのために、皆がお祈りしてくれてるんだよ。

始めは怖がったり、迷惑がっていたりしたアパートの住人達が、今では君枝のために冥福を祈ってくれている。

それがなにより嬉しかった。

◇　◇　◇

「だから、何度も言っておるであろう。いいかげん我専用のスマホがないと、不便で困るのだ」

「身分証のないあやかしが、電話会社で契約できるわけないだろ」

「そんなもの、圭寿名義で二台契約すればよいだけの話ではないか」

極めて正論を吐かれ、圭寿は開店準備に忙しいふりをしてやり過ごそうとする。

「買え。買わねば暴れるぞ」

まるでスーパーで菓子を買ってくれと床にひっくり返って喚《わめ》く幼児そのものの要求だが、言葉通り白蓮が暴れるとなると、日本に大災害が起きるかもしれないので問題だ。

「なぜだ？　なぜそう渋る？」

しつこく追及され、圭寿は渋々白状した。

「だって、白蓮にスマホ買ってやっちゃったら、言うこと聞かせられなくなっちゃうじゃんか」

　とにかく気まぐれでこちらの言うことを聞かない白蓮を操るには、スマホを餌《えさ》にした『スマホ育児』は必須《ひっす》なのだ。

「なんじゃと⁉　言うに事欠いて、この三国一の大妖怪と謳《うた》われたこの我に、なんと無礼な言いぐさじゃ！」

「そうは言ってもさぁ、僕は実際に白蓮のその大妖怪っぷりってのを見たことないからなぁ」

　白蓮は『常盤様』の命により、五百城家の守護を任されている。

　それ故、その約束に反する人間への加害は禁じられているらしかった。

　むろん、逆らうこともできるのだろうが、『常盤様』を崇拝《すうはい》する白蓮には、今のところそうする気はないようだ。

「だから、僕にとっては白蓮はスマホ大好きな、ただのニート妖怪なわけよ」

「ほう、そうやって我を挑発するか？　なら、今この場でその辺のビルの一つや二つ、木《こ》っ端微塵《ぱみじん》にしてやってもよいのだぞ？」

「そういう発言、冗談でもやめてください」

「いやなら、我にスマホを買い与えよ」

「あ、お客さんが来た！　いらっしゃいませ！」

慣れているので白蓮の駄々をはぐらかしながら、のらりくらりと躱《かわ》していると、夕方になって日が暮れてくる。

「あれ、絹子さんだ」

ふと気づくと、絹子がゆっくり歩道を歩いてくるのが見えた。

その傍《かたわ》らには、嬉しそうにその足許《あしもと》にまとわりつく君枝の霊も一緒だ。

圭寿の店の前を通りかかると、絹子は無理をするように笑顔を作った。

「こんにちは、絹子さん。お買い物ですか？」

「……いいえ、ちょっと立ちくらみがひどいんで、病院に行こうかと思って」

そう答えた絹子はさらにやつれていて、明らかに衰弱している。

「大丈夫ですか？　付き添いましょうか？」

「いいえ、本当に大丈夫。ありがとうね」

甘酒はまた今度いただくわねと言い残し、絹子はよろよろと、アパートとは反対方向へ歩いていった。

百メートルほど先の横断歩道の前で、道向かいに渡ろうと立ち止まったのを見守りながら、圭寿はハラハラと気を揉《も》む。

「本当に大丈夫かな？　絹子さん」

「あの様子では、長くは保つまい」

と、白蓮。

「縁起《えんぎ》でもないこと言うなよ！」

キッチンカーの中でモメていると、遠目に横断歩道を渡り始めた絹子の姿が見える。

が、半ばほどまで来ると、彼女はふいに地面にがっくりと膝をついてしまった。

「絹子さん……⁉」

目眩《めまい》がひどいのか、動けないらしくその場でうずくまってしまう。

慌ててキッチンカーの後部を開け、車内から外へ出たが、その時にはもう既に信号が変わり、大型トラックが一直線に突っ込んできたところだった。

「危ない！」

圭寿は全力で走るが、百メートル以上の距離があり、到底間に合わない。

「白蓮……！」

咄嗟《とっさ》に叫ぶと。

「やれやれ、また我を頼るか」

「ス、スマホ買ってやるから、頼む……！」

必死にそう懇願《こんがん》すると、白蓮は実体化を解き、一瞬で姿を消す。

そして瞬時に横断歩道の真ん中に現れて実体化し、うずくまっていた絹子を抱えて飛び退いた。

間一髪《かんいっぱつ》、暴走したトラックは二人の脇ぎりぎりのところをすり抜けていく。

明らかにスピード違反だったそのトラックは、絹子を轢《ひ》きかけたことに気づいていただろうが、そのまま猛スピードで走り去ってしまった。

あと数秒遅かったら、と思うと背筋がぞっとする。

「二人とも、大丈夫!?」

走ってようやく圭寿が現場に辿《たど》り着くと、白蓮に抱き抱えられた絹子は気を失っていた。

「怪我《けが》はしておらぬ。貧血かなにかであろう」

だが、そのおかげで突然空中から現れた白蓮の姿を目撃されずに済んだのは幸いだったのかもしれない。

圭寿がその場で一一九番に電話し、救急車を呼ぶ。

平日の昼下がりでたまたま人通りが少なく、トラックも逃げてしまったので、周囲の通行人もその騒ぎに気づいた者はいないようだった。

「きぬちゃん……」

絹子のスカートにしがみついていた君枝が、不安そうに圭寿を見上げる。

「きぬちゃん、しんじゃうの……？」

「大丈夫。気を失っているだけだよ」

「……」

だが、君枝の表情は晴れない。

幼いながらに、自分のせいで絹子が日に日に衰弱していくのに気づいていたからだろう。

「君枝ちゃん、絹子さんだけじゃなくて、アパートの住人の萌果さんや大家さん、それにもちろん僕達も、皆君枝ちゃんが天国に行けるように祈ってるんだ」

心を込めてそう話しかけると君枝はうつむき、そのままふっと消えてしまった。

その後、圭寿は店を白蓮に任せて救急車に同乗し、病院まで付き添う。

事故による怪我はなかったが、衰弱していた絹子は入院することになった。

その間も、君枝が絹子のそばを離れないのではないかと案じていたが、翌日起きられるようになった絹子が電話をしてきて言うには、君枝は病院には一度も姿を現していないらしい。

アパートの山茶花《さざんか》の前には、最近ではいつもいくつかのお菓子や、火を使わないので危なくないLEDの線香が供えてある。

アパートを出入りする際、住人は山茶花の生け垣の前を必ず通るので、今までまったく事情を知らずにいたほかの部屋の住人達の間にも君枝の噂《うわさ》は広がり、無関心な人もいたが、中にはぽつぽつお菓子をあげてくれる人もいた。

その様子を、山茶花の前によく現れる君枝がじっと見ていたことも、圭寿は知っていた。

「君枝ちゃん、どこに行っちゃったんだろう？」

最後に見た時の様子では、まだ成仏《じょうぶつ》はしていないはずだ。

山茶花の前の古くなったお供えをゴミ袋に入れながら、圭寿がそう気を揉《も》んでいると、傍らでスマホを弄《いじ》っていた白蓮が舌打ちする。

「まったくそなたは、他人の心配ばかりしておるのぅ。お人好しにも程がある」

「そんなこと言ったたってさぁ」

この日はキッチンカーの仕事が休みだったので、山茶花にお供えの場を置かせてくれた礼に朝からアパートの敷地内を掃《は》き掃除《そうじ》する大家を手伝っていたのだ。

すると、アパート前にタクシーが停まり、後部座席から絹子が降りてきた。

「あ、絹子さん、退院されたんですね。よかった」

心から喜び、彼女の荷物を持ってやると、絹子もにっこりする。

「圭寿くん達にはすっかりお世話になってしまって。いくら感謝しても足りないわ。本当にありがとう」

数日入院してゆっくり休養し、夜もきちんと睡眠がとれたせいか、絹子は大分回復したように見えたのでほっとした。

するとそこへ、ベビーカーを押してきた萌果がアパートから出てくる。

「あ、ゴッキー、おっは〜。君枝ちゃんはその後どう？」

「それが……」

最近の事情を説明し、このところ姿を見せないのだと説明すると、萌果は「君枝ちゃんもリクツでは天国に行かなきゃってわかってるんだけど、絹子さんと離れるのが寂しいんだね。気持ちわかる」と言った。

ちょうどメンツが揃《そろ》ったので、圭寿と白蓮、それに絹子と大家、萌果の五人は山茶花の前で手を合わせる。

一心に君枝の冥福《めいふく》を祈って圭寿がふと目を開けると、そばに君枝が立っていた。

「君枝ちゃん……」

君枝はじぃっと五人を見つめ、そしてしゃがんで拝んでいる絹子に駆け寄ると、小さな手でその手を握る。

だが、絹子はまったくそれに気づかない。

あれだけはっきりと感じていたのに、絹子が君枝を認識できなくなっているのは、君枝に成仏の時が近いのだと圭寿は気づく。

絹子に気づいてもらえない君枝は悲しそうだったが、ぐっと唇を噛《か》んで泣くのを堪《こら》えている。

自分自身が納得しなければ成仏はできない。

このまま自分が甘え続けていたら絹子の命に関わるのだと実感した君枝は、ようやくこの地を離れる決心をしたのだろう。

「天国に、行く気になったんだね？」

そう語りかけると、君枝はこくりと頷《うなず》いた。

そして空を指差し、「すごくあかるいよ」と言う。

「うん。そっちに行ったら、お父さんとお母さんに会えるよ、きっと」

「……みんな、ありがと」

ばいばい、と小さな手を振って、君枝の姿はゆっくりと上昇し、やがて空の彼方《かなた》へと消えていった。

圭寿は立ち上がり、彼女が消えた空を見上げる。

「……今、君枝ちゃんが天国に旅立ちました。皆さんにありがとうってお礼を言ってましたよ」

祈り終えた彼らにそう報告すると、皆喜んでくれた。

「よかった！　ほんとによかったね」

「ふん、これでうちもやっと幽霊アパートなどと陰口を叩かれずに済むわい」

相変わらず素直ではない大家がそう嘯《うそぶ》いたが、萌果にすかさず「オーヤさん、ツンデレぶりすぎ～。フツーに喜んであげればいいのに」と突っ込みを入れられていた。

「君枝ちゃん、これでよかったのかしら？」

まだ自分にしてあげられたことがあったのではないか、と絹子は考えているようだ。

だから、圭寿は言った。

「君枝ちゃんは心から絹子さんに感謝してました。あなたに再会できたおかげで、やっとこの地を離れることができたんです」

「ならいいんだけど……。君枝ちゃんが天国で無事に両親と再会して、来世もまた家族になって今度こそ平和でしあわせに暮らせたらいいわね」

と、絹子は感慨《かんがい》深げに、抜けるように青い空を見上げたのだった。

◇　◇　◇

「ゴッキー！」

圭寿達がいつものようにスーパー前で店を営業していると、ベビーカーを押した萌果と絹子が一緒にやってくる。

「萌果さん、絹子さん。一緒にお買い物ですか？」

「そ！　絹子さんが煮物の作り方教えてくれるって言うから、材料買いに来たんだ」

その後、君枝のことがきっかけで知り合い、話をするようになった二人は、じょじょに親しくなっていったらしい。

萌果はあれ以来マメに父親のところにも顔を出し、行政の支援も受けているようだ。

そのおかげか、双子達の夜泣きはだいぶ落ち着いてきたのだと萌果は嬉しそうに報告してくれた。

絹子にもおかずを分けてもらったり、時折双子達の育児を手伝ってもらったりしているようだ。

絹子も子どもに触れ合えるのが楽しみで、若返るわと嬉しそうだった。

君枝が取り持ってくれた思わぬ縁に、圭寿は嬉しくなる。

二人は仲良く椅子《いす》に腰掛け、甘酒を注文した。

「そうだ。ゴッキーパパも早く見つかるといいね」

萌果にそう言われ、圭寿は驚く。

「そうね。力になれるかわからないけど、私も知り合いになるべく声をかけてみるわ」と絹子も同意している。

どうやら二人は、キッチンカーに貼ってある父の写真を見て、前々からひそかに気にかけてくれていたらしいのだ。

「二人とも、ありがとうございます」

その気持ちが嬉しくて、胸がじんと熱くなる。

甘酒を飲み終えた彼女達が楽しげにスーパーへ入っていくのを見送り、圭寿はしみじみ呟《つぶや》く。

「はぁ……人との繋《つな》がりって大事なんだね、白蓮」

「なんじゃ、いきなり藪《やぶ》から棒《ぼう》に」

我関せず、といった調子でスマホを弄っていた白蓮は、目線も上げずにそう返す。

「なんていうかさ……人は一人じゃ生きられないんだなぁって思って」

一人で頑張って、意地を張って突っ張って。

一人で立派に生きているつもりでも、人は必ず誰かの助けを借りて生きている。

それを実感したのだ。

「そうさな。人は弱い生き物故、そうせねば生きられぬのだろうよ」

「あやかしは、一人でも寂しくないの？」

その問いに、白蓮は笑って答えなかった。

「そういえばさ、大家さんが新しい住人がまた入ることになって、全室埋まりそうだってホクホクしてたよ。君枝ちゃんが成仏《じょうぶつ》した効果かな？」

なにげなくそう言うと、白蓮がきっと主寿を睨《にら》み据える。

「なにをバカなことを言っておる。すべて我のおかげであろうが」

「え……？」

「我がおれば、小物のあやかしや地縛霊《じばくれい》は恐れをなし、震え上がっていなくなるのだ。まあ、君枝のように幼《おさな》過ぎて道理の通じぬ者も中にはおるがな」

「そっか。やっぱりそうなんだ」

記憶も定かではない幼い頃、白蓮がいると得体の知れない黒い靄《もや》が逃げていくのをおぼろげに憶えていた圭寿は納得する。

「んじゃ白蓮がいるだけで、あのアパートも霊的に浄化されるわけ？　霊避け？　蚊取り線香みたいだね」

正直な感想を述べると、白蓮にじろりと睨まれた。

「ふん、また騒々しくなりそうじゃの」

始めは慣れないご近所付き合いに振り回され、四苦八苦させられたが、今ではそれも人生の醍醐《だいご》味なのかな、と圭寿は考える。

「そうだ、白蓮に絹子さん助けてもらったから、約束通り白蓮専用スマホの契約に行かなきゃな。次の休みにショップに行こうか」

圭寿がそう言うと、白蓮はふんと鼻を鳴らす。

「いらぬ」

「え……なんで⁉」

予想だにしていなかった返事に、西から日が昇ったと言われても、ここまでは驚くまいというほどびっくりしてしまう。

「我は人間に借りを作るのが嫌いだ。先日のことは絹子に煮物の礼をしたまでのこと。そなたから施《ほどこ》しを受けるいわれはない」

「白蓮……」

「あまり我を見くびるなよ」

などとツンケンしながら、白蓮は珍しくナプキンなどの店の備品の補充を真面目《まじめ》にこなしている。

「……いいとこあるじゃん」

「ふん」

「あ～、でもよかった！　今月の売り上げイマイチで家計苦しかったし、もうスマホ育児ができなくなると思ってた」

するとと、白蓮がちらちらとこちらを見る。

「……そう言われると、前言を翻《ひるがえ》したくなるな。やっぱり買ってくれてもよいのだぞ？」

「なんだよ、いい話がだいなしだろ」

そんな話をしていると店にあらたな客がやってきたので、圭寿は笑顔で「いらっしゃいませ」と出迎えたのだった。

第三章

あやかしは
マカロンがお気に入りのようです

このところ、午後六時過ぎになると、その女性客は現れる。

年の頃は、二十七、八歳といったところか。

ここは大手町《おおてまち》のオフィス街の、ど真ん中。

いかにも大手町OLといったファッションで、いつもお洒落《しやれ》だ。

「こんばんは！　いつものお願いします」

「はい、毎度ありがとうございます」

その注文に、圭寿《けいじゆ》は彼女お気に入りのフローズンストロベリーヨーグルトを用意する。

この大手町の歩道に出店して、約二週間。

ちょうど近くにあるオフィスビルに勤めている彼女は、偶然初日に立ち寄って以来、この味を気に入ったのか、三日にあげず寄ってくれているのだ。

「今日も彼氏さんと待ち合わせですか？」

出来上がったドリンクを差し出しながら問うと、彼女、野々垣深雪《ののがきみゆき》は嬉しそうに笑って頷《うなず》く。

「そうなの。だから和《かず》くんが来る前に、今日の分占って！　彼、私にプロポーズしてくれると思う……？」

その問いに、圭寿はスイッチを切り替える。

アクセスするのは、彼女の守護霊だ。

今までも何度かお世話になった、江戸時代の商家のおかみさんらしき中年女性は、二人の関係はすこぶる順調で、近いうち結婚するだろうと教えてくれた。

守護霊も、それを喜んでいるようだ。

「すぐみたいですよ。もしかしたら、今月中かも」

「ほんとに⁉　だったら嬉しいんだけど」

喜びに頰《ほお》を紅潮させ、瞳をキラキラさせた彼女は、恋する乙女《おとめ》特有の美しさを醸《かも》し出している。

こういう客に出会うと、自由に恋愛を謳歌《おうか》できる彼らが少しだけ羨《うらや》ましくなる圭寿だ。

「ね、蓮《れん》さんも圭寿くんもイケメンだから、女の子にモテるでしょ？　お客さんからキャーキャー言われてそう」

ドリンクを飲みながら深雪が話しかけると、車内でスマホを手にしていた白蓮《びゃくれん》がふんと鼻を鳴らす。

「あいにく、我は手がかかる圭寿の世話で手一杯でな」

「は？　誰か寝言言ってるみたいだな。どっちが面倒見てると思ってんだ！」

「やれやれ、手のかかる者ほど自覚しておらぬから困る」

「ふふっ、二人とも本当に仲がいいのね」

「「どこが⁉」」

二人同時に、絶妙のタイミングでハモって突っ込みを入れてしまう圭寿と白蓮だ。

「ケンカするほど仲がいいって言うじゃない。本当の家族だって……仲良くないと、ケンカすらできないのよ？」

そう呟《つぶや》いた深雪の横顔は、なぜか少し悲しげだった。

深雪にもなにか、家族の事情があるのだろうか。

圭寿がそう考えていると、そこへ急ぎ足でスーツ姿の青年がやってくる。

「あ、和くん！」

「ごめん、待った？」

彼が深雪の恋人、和毅《かずき》だ。

外資系企業でディーラーをしているという彼は、痩《や》せ形の長身で少し気弱そうに見える。

大通りを挟んだオフィスビルにそれぞれ働く二人だが、ランチでお気に入りの店が同じで、度々《たびたび》顔を合わせるうちに相席するようになり、やがて交際がスタートしたのだと馴《な》れ初《そ》めを深雪が教えてくれた。

占いをするというのは、客の個人情報に触れるということだ。

こうして毎日何十人かの客と出会い、彼らに関わる霊達と交信することで、いつか『常《とき》磐《わ》様』の『永遠の祝福』を返上することができるのだろうか。

圭寿はふと、父のことを思い出す。

この同じ東京の空の下で、今頃父はなにをしているだろうか……？

そんな思いを振り切るように、圭寿は客の二人に笑顔を向ける。

「本当にお似合いのカップルですね」

「いや、もう俺の一目惚《ひとめぼ》れだったんですよ。必死でアタックしました」

「やだもう、和くんったら」

二人はひとしきり惚気《のろけ》た後、これから食事をしてデートなのだと楽しげに店を後にした。

「ふん、恋に浮かれた人間というのは、いつ見ても鼻につくものだ」

「僻《ひが》むなよ。しあわせそうでいいじゃんか」

圭寿がそう窘《たしな》めると、白蓮はなぜか人の悪い笑みを浮かべる。

「おお、すまぬ。我の身近にもおなごにモテぬ男がいたのを失念しておった。そなたこそ、他人のしあわせを嫉《ねた》むでないぞ？」

「……やっぱムカつくな！」

「見て見て！　圭寿くんの占い、当たったわ！」

それから、数日後。

深雪は嬉しそうに左手の薬指に嵌《は》めたエンゲージリングを見せに来てくれた。

「うちは絶対に婿養子じゃないと駄目って言われてるから、無理かなって思ってたんだけど、和くん次男だからいいよって言ってくれたの」

「よかったですね、おめでとうございます」

そう祝福すると、深雪は少し複雑そうな表情になる。

「ありがと……でも、うちの父に反対されてるの。和くんがうちの財産狙ってるって。そんな人じゃないって、いくら言っても聞いてくれなくて……」

「そうなんですか……」

親の同意がなくても結婚できる年齢とはいえ、やはり両親には祝福されて結婚したいだろう。

深雪の心中を思うと、圭寿は気の毒になった。

「財産を狙われるほど、深雪の家は裕福なのか？」

するとそれまでスマホを弄《いじ》りながら話を聞いていないようで聞いていたのか、白蓮がいきなりとんでもないことを聞く。

「こ、こらっ！　お客さん呼び捨てにするなっていつも言ってるだろ！　すみません、この人、礼儀《れいぎ》ってものを知らなくて」

圭寿が青くなって謝ると、深雪は笑って首を横に振った。

「いいのよ。蓮くんってちょっと普通の人と違う雰囲気《ふんいき》で、そこがミステリアスでいいのよね。そうね……お金持ちっていうよりは、土地持ちって言った方が正しいかも」

深雪の話によると、彼女の生まれた野々垣家は、古くから都心の一等地にかなりの土地を所有する資産家だという。

それでも、代々の相続税を支払うためにその土地を切り売りしてきて、現在ではかなり少なくなったらしいのだが。

「もうそんなお金持ちじゃないのに、父はプライドばかり高くて困っちゃうの」

しかも、その父親が手を出した事業の失敗でさらにいくつもの土地を手放すことになったというのに、それを棚《たな》に上げているのだと深雪は憤懣《ふんまん》やる方ないようだった。

結婚を反対されたこともあり、父親への今までの不満が一気に噴き出してしまったようだ。

まぁ、今は客足も落ち着いているし、今回の占いは彼女の愚痴《ぐち》を聞いて終わりかな、など考えていると。

「しかもね、うちの父、婿《むこ》養子なの。なんかうちって、もしかしたら呪われてる家系かもしれなくて」

「……え？」

「男の子が生まれなかったり、生まれても早死にしたり、養子を取ることになったりと、とにかく代々跡継ぎに恵まれないんですって。半年前に亡くなった祖母は、ご先祖様がなにか悪いことをして、それで呪いをかけられたんだ、なんて真面目《まじめ》に言ってたけど」

深雪のなにげない話に、圭寿と白蓮は思わず顔を見合わせる。

家系にまつわる、呪い。

五百城《いおき》家の話と、共通する部分が多い。

深雪の家の話を詳しく聞くことができれば、なにか『常盤様』との契約を解除する方法が見つかるのではないか……？

「ねえ、うちって本当に呪われてるのかな？　今日の分はそれを占ってもらえない？」

「わかりました」

――白蓮の無礼も、たまには役に立つこともあるんだな。グッジョブ！

内心親指を立てつつ、圭寿はさっそく深雪の霊視を開始する。

すると、現れたのはいつもの商家のおかみさんらしき深雪の守護霊ではなく、七十代後半くらいの老婦人だった。

高級そうな大島紬《おおしまつむぎ》の着物をまとい、華道の師範代《しはんだい》といった雰囲気の上品そうな人物だ。

『初めまして。あなたは深雪さんのご先祖様ですか？　野々垣家にかけられている呪いがもし存在しているなら、教えてください』

そう心の中で話しかけるが、老婦人は突然胸元を両手で押さえて苦悶《くもん》し始める。

『苦しい……っ！　誰か助けて……！』

『落ち着いてください。それは亡くなった時の苦しみで、あなたはもう解放されているんですよ？』

必死に宥《なだ》めるが、圭寿の声は老婦人の耳には届かないらしい。

『お願い、助けて……私の娘を……っ』

『娘……？』

いったいなんのことか問い質《ただ》そうとするより先に、彼女はふっと消えてしまった。

「深雪さんの知っている身内の方で、痩《や》せ形の七十代後半くらいの女性はいらっしゃいますか？　紺《こん》色の大島紬を着ているんですが」

祖母が着道楽なので、圭寿も着物のことはそれなりにわかっている。

あれは恐らく、百万近くする高価な品だった。

野々垣家が資産家だというのは、本当なのだろう。

すると、深雪が思わずといった様子で椅子《いす》から立ち上がり、身を乗り出す。

「……嘘、それ、半年前に亡くなったお祖母《ばあ》ちゃんよ！　お気に入りの着物なの。なにか言ってた？」

「それが、両手で胸を押さえて苦しがってらして、話はできませんでした。亡くなって間もない霊だと、よくあるんです」

圭寿がそう告げると、深雪は顔色を変えた。

「お祖母ちゃん、心臓に持病があったの。亡くなった時も、運悪く家の階段の上で発作《ほっさ》が起きて、転落して……。その時の苦しみから、まだ解放されてないなんて、かわいそう……」

言葉を失う深雪に、圭寿は尋ねる。

「お祖母様は娘さんを、恐らく深雪さんのお母さんのことだと思うんですが、ひどく心配しているみたいでした。なにか心当たりは？」

「母を？　いいえ、特に思いつかないわ」

深雪の話では、祖母の名は早由利《さゆり》というらしい。

代々跡継ぎに恵まれないという野々垣家では、祖母・早由利の夫も婿養子だったのだが、彼は早死にし、それ以降は早由利がすべて財産や土地の管理を担《にな》ってきたらしい。

その早由利自身も男の子には恵まれず、一人娘の範子《のりこ》、つまり深雪の母親に婿養子を取らせ、家を継がせた。

それが深雪の父、廣志《ひろし》だという。

「母になにかあるの？　すごく心配なんだけど」

深雪としては、結婚するとこれから和毅が野々垣家に婿養子に入ることになるので、その前に後顧《こうこ》の憂《うれ》いはないようにしておきたいという気持ちが強いのだろう。

「これだけの情報じゃ、なんとも……詳しくはお宅に行って霊視してみないと」

圭寿がそう答えると、深雪は少し困ったような表情になる。

「う～ん、圭寿くん達イケメンだから、若い男の人を家に呼んだりすると、またお父さんがうるさいのよ。どうしようかな……」

確かに、良家の子女で父親が厳格ならば、そうそう気軽に家に男性を呼ぶのは難しいかもしれない。

すると、深雪がなにか名案を思いついたように両手を叩く。

「そうだ！　ちょうど来週、私の誕生日パーティを家でやることになってるの。ガーデンパーティよ。そこで圭寿くんのキッチンカーで来客にドリンクを出してもらうっていうのはどう？　もちろん、出張費やその日の拘束料《こうそくりょう》も出すから。そのついでに、うちの詳しい霊視してもらえない？　お願い！」

深雪に両手を合わせて頼まれ、圭寿はちらりと白蓮に視線をやるが、彼はしらんふりだ。

「で、うまくいったらお父さんが私達の結婚に賛成してくれる方法も見つけて！」

「そ、そこまでは約束できないけど……わかりました。できるだけのことはさせてください」

野々垣家の呪いの謎は、どうしても気になるので。

圭寿はその依頼を引き受けることにしたのだった。

深雪が上機嫌で帰っていくと、白蓮がふんと鼻を鳴らす。

「また余計なことに首を突っ込みおって。我は手伝わぬからな」

案《あん》の定《じょう》、白蓮がゴネ出したので、圭寿は伝家の宝刀を抜くことにする。

「深雪さん家ってお金持ちだから、きっと珍しいお菓子とかも出してくれるんじゃないかな？」

「ふん、たかが菓子で我を釣れると思うたか？　はっ、片腹痛いわ！」

「あ～、先月のソシャゲの課金、イタかったよなぁ。月一万までって上限、守ったことないよね？」

「……」

だんだん旗色が悪くなってくると、白蓮が押し黙ったので、もう一押しだ。

「深雪さんち、ＶＲゲームとかもあったりして。白蓮、あれ一度やってみたいって言ってたよな？」

「……む、本当にあるのか？」

「あるある、きっとあるよ」

と、圭寿はあの手この手で白蓮を宥めすかし、なんとか当日同行させる言質《げんち》を取ったのだった。


そんな訳で、約束当日、圭寿は愛車を走らせ成城《せいじょう》にある深雪の自宅へ向かった。

深雪の家は元々は都心にあったのだが約三十年ほど前にビルになってしまったらしい。

それを機に、将来子どもを育てるのに、環境のいいところをと選び、今の土地に移り住んだのだという。

ナビに従いハンドルを切ると、目の前には重厚な壁で囲まれた屋敷が現れる。

「うわ、すっごい豪邸。都内でこの広さってすごいな」

圭寿が思わず呟《つぶや》くと、助手席でスマホを弄《いじ》っていた白蓮がなにかを検索し始める。

「地価から計算すると、自宅だけでざっと数億は下らぬ資産だな」

「人んちの財産なんだから、やらしい計算するなよ」

そう窘《たしな》めはしたものの、自宅だけでこれなのだから、あちこち土地を所有していた頃はさぞ羽振りがよかったことだろう。

「それより、本当にＶＲゲームをやらせてもらえるのであろうな？」

「さ、さぁ～？　それは深雪さんに聞いてみないとなんとも。だいたい僕達は仕事で呼ばれてるんだから、まずはきっちり働けよ？」

圭寿は合間を見て屋敷の霊視もしないといけないから、その間は白蓮がオーダーをこなしてくれないと困るのだと告げると、白蓮は「なんのかんの屁理屈《へりくつ》を捏《こ》ねては、いつものように我をこき使うつもりなのだろう」と大仰《おおぎょう》にため息をついてみせた。

「すっかり狡猾《こうかつ》になりおって。タチが悪いわ」

「数百年生きてる妖怪に言われたくないね！」

いつものようにモメながら、インターフォンを押して正面の電動ゲートを開けてもらう。

キッチンカーごと敷地内へ入ると、屋敷の玄関から深雪が小走りでやってきた。

「いらっしゃい！　そのまま庭に回って」

指示されるままに車を移動させると、テニスコート一面分くらいはありそうな広々とした庭へ出る。

本日のパーティは午前十二時開始予定で、そこには既にいくつものテーブルが設置され、着々と業者の手によって立食パーティの準備が進められていた。

「圭寿くん達はここでお店を開いて、お客様が注文するドリンクを提供してほしいの」

「わかりました」

簡単な段取りを打ち合わせし、指定場所に車を停め、いつものように開店準備する。

「パーティ中は忙しいだろうから、終わってから家の中を案内するわね。じゃ、また後で」

深雪は忙しそうに家の中へ戻り、テーブルの上にドリンクや料理が揃《そろ》うと、やがて次々と客達がやってくる。

ガーデンパーティということで、ドレスコードはないようだが、深雪の友人らしい若い女性が多く、皆可愛《かわい》らしく着飾っている。

他には深雪の親戚《しんせき》らしき大人達と、連れの小さな子どもの、大体五十人規模のパーティだった。

招待客達が大体揃ったところで、一人の男性が用意されたマイクを手にする。

年の頃は五十代後半くらいだろうか。

白髪交じりのロマンスグレーで、開襟《かいきん》シャツにチーフ、ジャケットを羽織《はお》っていて、いかにもセレブ層といった雰囲気《ふんいき》だ。

あれが深雪の父親、廣志のようだ。

「皆様、本日は我が娘、深雪の誕生日祝いのためにお集まりいただき、ありがとうございます」

そつのない挨拶《あいさつ》をこなし、用意されたアルコールやジュースなどで乾杯の音頭《おんど》が取られる。

圭寿は忙しく立ち働きながら車内からそれを見ていたのだが、父親の挨拶が終わると次に深雪がマイクを手に取った。

彼女が合図すると、脇に控えていたスーツ姿の和毅が隣に並ぶ。

「これを機に、皆さんにご紹介させていただきたいと思います。私の恋人の、和毅さんです」

どうやら深雪は父に内緒で、この場で強引に恋人宣言をしてしまい、周囲から外堀を埋める作戦に出たようだ。

「あら、素敵な彼氏さんねぇ」

「いつご結婚なさるの？　お婿さんに入ってくださるのかしら？」

深雪がこの家の財産を継ぐと知っている親戚達が、さっそく興味津々《しんしん》で探りを入れてくる。

さて、父親はどう出るか？

圭寿がその反応を固唾《かたず》を呑《の》んで見守っていると、廣志は泰然と微笑《ほほえ》む。

「ははは、深雪はまだ若いのだから、たくさんの人と交流して、見識を広げるのはいいことですよ。結婚はまだ焦らず、よく相手を見極めることも大事なんじゃないのかな」

父の鷹揚《おうよう》な対応に、そうねぇ、という様子で親戚達も頷《うなず》いている。

どうやらこの勝負、人生経験の豊富な父親に軍配《ぐんばい》が上がったようだ。

和毅と深雪は顔を見合わせ、思うようにコトが運ばなかった落胆《らくたん》の表情だ。

「くく、面白い。あの父親、どうあっても娘の結婚を認めぬ構えだな」

と、白蓮は完全に高みの見物を決め込んでいる。

「でも、いったいなにがそんなに気に入らないんだろう？　和毅さん、好青年だと思うんだけどな」

「さぁな、ほかになにか理由があるのではないか？」

「なにかって、なんだよ？」

圭寿の問いに、白蓮は含み笑いを見せるだけで答えない。

白蓮が勿体《もったい》をつけるのは今に始まったことではないので、圭寿は相手をせずスルーすることにした。

テーブルにはアルコールや普通のドリンクも用意されているのだが、若い女性が多いせいか、圭寿の占いカフェに注文が殺到したので、屋敷を霊視する暇もなかった。

そうこうするうちに午後三時過ぎになると予定通りパーティが終了し、客達が帰り出すと、再び深雪がやってくる。

「お疲れ様、霊視できた？」

「それが忙しくて、無理でした」

「そうよね。じゃ、片付けが終わったら家に入って一休みして。お茶ご馳走《ちそう》するから、その後にお願いできる？」

「わかりました」

ガーデンパーティの方は業者がてきぱきと後片付けをしているので、圭寿も自分の店じまいを済ませ、帰るだけの状態にしてから白蓮を連れ、屋敷の中へ入った。

「いよいよVRか」

「頃合いを見て聞いてやるから、最初は大人しくしててくれよ？」

コソコソと釘を刺していると、玄関で待っていた和毅が深雪の代わりに客間へと案内してくれる。

どうやら、圭寿達と一緒にということで彼もお茶に招き、再び父に挑むつもりだったらしいのだが。

「お、お義父《とう》さん、お話を聞いていただけませんか？」

和毅としては、決死の思いでそう声をかけたのだろうが、

「申し訳ないが、私はこれから用事があって、外出しなければならないんだ。失礼するよ」

と、廣志はとりつくしまもなく出かけていってしまった。

後に残された和毅と深雪は、再びがっかりしている。

「ごめんね、和くん」

「いいさ、気長にいこう。お義父さんと話せないなら、俺も今日はこれで失礼するよ」

と、落胆した様子で、和毅も帰っていった。

そんな訳で、応接間には深雪と圭寿、白蓮の三人で向かう。

「今日は大変だったでしょう？　お疲れ様でした。さぁ、よかったらゆっくりなさっていってくださいね」

と、深雪の母・範子が紅茶を淹《い》れてくれる。

色白で線の細い、おっとりとした、いかにも良家の子女といった雰囲気の女性だ。

深雪の母親なら恐らく五十を過ぎているだろうが、実年齢よりもかなり若く見えた。

「すみません、いただきます」

外国製の一流ブランドソファーに腰掛け、繊細《せんさい》な絵柄がいかにも高価そうなティーカップで紅茶をいただくと、渋みもなくおいしかった。

相当高級な茶葉を使っているのだろう。

「これはなんだ？　えも言われぬうまさだな」

白蓮が、お茶請けとして出された色とりどりのマカロンを指先で摘《つ》まみ上げ、深雪に問う。

『お客様&目上の人にはタメ口禁止』と常々言い聞かせているのに、白蓮がそれを守った例《ため》しがない。

だが不思議なことに、皆気分を害することもなく相手をしてくれるので、圭寿は白蓮がなにかの術を使っているのではと疑っている。

「ああ、それはマカロンっていうフランスのお菓子よ。食べたことないの？」

「ない。圭寿はケチだから、このような高価な菓子は食べさせてくれぬのだ」

「よ、よけいなこと言うなよっ」

「ふふ、たくさんあるから、遠慮《えんりょ》しないでどうぞ」

深雪がそう言ってくれると、自分の分をぺろりと平らげた白蓮が遠慮なく彼女の皿に手を伸ばそうとするので、圭寿はその手をはたき、自分の分を差し出した。

「あ〜あ、お父さんにはまた逃げられちゃった。和くんは次男だから、うちに婿養子に入ってもいいって言ってくれてるのに、どうしてああ毛嫌いするのかしら？」

深雪がそうこぼすと、範子は曖昧《あいまい》な笑みを浮かべる。

「……お父様も、深雪のことを心配して慎重になっているだけなんじゃないかしら？」

その口ぶりから、どうやら範子自身は深雪達の結婚に反対している様子はないが、やはり父親の同意がなければ、とは考えているようだ。

深雪の話では婿養子を取り、祖母・早由利の後を継いだのは範子だが、早由利が亡くなってからは婿養子の廣志がこの家の資産管理などすべての実権を握っているらしい。

いかにも夫を立てる所作《しょさ》が自然な範子は、その御令嬢らしきおっとりぶりで、難しいことはすべて廣志に任せきっているようだ。

「さて、深雪。我とＶＲゲームをしようではないか」

圭寿の分までマカロンを平らげると、白蓮が偉そうに言う。

「あら、蓮くん。ＶＲゲーム好きなの？　二階にあるわよ」

「え……ほんとにあったんだ……」

口から出任せだったのに、と圭寿は思わず独り言を呟《つぶや》いてしまう。

ちなみにもちろん、霊能力は使っていない。

まぁ、いずれにせよそろそろ屋敷の霊視に取りかかりたかったので、少し家の中を見せてもらうことにした。

話題が変わったのをきっかけに範子に礼を言い、ゲームをするという名目で深雪と共に応接間から吹き抜けのあるエントランスへ向かう。

そう言えば深雪は、早由利が自宅の階段から転落して亡くなったと言っていたことを思い出す。

となると、この二階へ上がる階段で早由利は命を落としたことになる。

そんなことを考えながら、階段を上がるのになにげなく手すりに手を触れた、その時。

ふいにハンマーかなにかで、頭をガツンとやられたような衝撃が圭寿を襲った。

――な、なんだ……!?


一瞬にして意識が飛び、ふと気づくと圭寿は階段の下に一人立っていた。

上を見ると、和服姿の早由利が二階の通路を歩いてくるのが見える。

だが、階段を下りる踊り場までやってくると、早由利は突然胸元を押さえてその場にしゃがみ込んでしまった。

着物の胸元には薬でも入っているのか、必死になにかを取り出そうとしているが、発作《ほっさ》の苦しさで手が震えてなかなかうまくいかないようだ。

思わず助けに駆け寄ろうとして、圭寿はようやく気づく。

これは早由利が亡くなった時の、過去のヴィジョンなのだと。

すると、そこへ二階の自室にいたらしい廣志がやってくる。

彼に気づいた早由利は、ほっとしたように薬を飲ませてくれと訴えた。

廣志は、そんな早由利を無表情に見下ろした後、その胸元から早由利がいつも持ち歩いているピルケースを取り出した。

だが、しばらく考えた後、それを早由利には渡さず立ち上がる。

「なにをしているの？　廣志さん、薬を……っ」

苦しい息の下で、必死に早由利がそう藻掻《もが》くが、廣志は口許《くちもと》に冷笑を浮かべ、彼女を見下ろす。

「いいざまですね、お義母さん。婿養子に入ってやった私を、いつまでもないがしろにするからそんな日に遭《あ》うんですよ。そろそろ引退なさった方がいいんじゃないですか？」

「っ……あなたに野々垣家の財産を自由にさせるわけにはいきません……っ。あなたが税理士を抱き込んで、家賃収入の一部を使い込んでいるのを、私が知らないとでも思っていたの？　ただでは済ませませんからね……っ⁉」

それを聞くと、廣志の表情が醜《みにく》く歪む。

「ちっ、忌々《いまいま》しいババアだ。貴様みたいな死に損《ぞこ》ない、さっさとくたばっちまった方が世のためなんだよ……！」

理知的な風貌《ふうぼう》とは裏腹な、般若《はんにゃ》のごとき形相《ぎょうそう》になった廣志は罵詈《ばり》雑言《ぞうごん》を吐き、床にうずくまった早由利の肩をスリッパの足で蹴《け》りつける。

「ああ……っ！」

バランスを崩した早由利は階段を転げ落ち、一階の踊り場に倒れ伏す。

左足首を骨折でもしたのか、そこを押さえて苦悶《くもん》しているが、早由利はまだ生きていて、最後の力を振り絞《しぼ》り、震える両手で床を這《は》いずる。

その額はどこかにぶつけて切ったらしく、血まみれになっていた。

するとゆっくり階段を下りてきた廣志は、そんな早由利を跨《また》ぐとその手が届かないところにピルケースの中身の錠剤《じょうざい》をばらまいた。

「あんたが発作を起こす機会を、ずっと待っていたよ。階段の上で発作が起きたあんたは、薬を飲もうとしたが、運悪く足を踏み外し、階段を落ちて薬が飲めなかった。誰も不幸な事故を疑わない。あんたがくたばるまでゆっくり待ってから、救急車を呼ぶことにしよう」

「助けて……誰か……っ」

「無駄だ。範子も深雪も、しばらくは戻らない」

そう吐き捨て、廣志は二階の自室へ戻ってしまった。

床に俯《うつぶ》せに倒れた早由利は、苦悶と怒り、そして絶望に身を震わせる。

――苦しい、つらい、助けて、誰か……！

許せない、あんな男を野放しにしておいたら、範子と深雪が……っ。

苦しい、息が出来ない、苦しい……！

あの男に殺されたと、伝えなければ……！

早由利の死の間際の負の感情が、怒濤《どとう》のごとく押し寄せてきて、圭寿は為す術《すべ》もなく打ちのめされる。

いけない、このままでは。

　全力を振り絞り、なんとか意識を強引に現世へと引き戻す。

「……か……は……っ」

だがその衝撃のせいか、うまく呼吸ができず、圭寿は階段にがっくりと両膝をつき、喘《あえ》いだ。

「圭寿くん？　どうしたの⁉」

　その異変に気づいた深雪が、慌てて駆け寄ってくる。

「……すみません、ちょっと気分が……」

　ようやくまともに息ができるようになり、圭寿は途切れ途切れに答える。

　その様子を傍《かたわ》らで眺めていた白蓮は、階段途中でへたり込んでいた圭寿に肩を貸し、立たせる。

「深雪、圭寿は少し具合が悪いようだ。霊視は後日改めてということでよいか？」

「え、ええ、もちろんよ」

　部屋を用意するので、横になったらどうかと勧められたが、白蓮は「車で少し休ませてから帰るので、大丈夫だ」とそれを断り、屋敷から出て圭寿を庭に停めてある車の運転席に座らせた。

リクライニングシートを倒し、少し休憩していると、だいぶ楽になってくる。

「……ごめん、VRゲームやりたかったんだろ？」

「なにがあった？」

車に積んであるミネラルウオーターを差し出され、圭寿はそれを受け取り、一息に飲み干す。

なんだか、異常に喉《のど》が渇《かわ》いていたのだ。

「よく、わからない……けど、大変なものを見ちゃった……」

いまだ受けた衝撃から立ち直れないまま、圭寿はつっかえつっかえ今見た映像のようなものを白蓮に話して聞かせた。

黙ってそれを聞き終えた白蓮は、「早由利の霊に、呑《の》まれたな」とため息をつく。

「呑まれた……？」

「亡くなって間もない霊は、死の苦しみから解放されず、強烈な負の念を放つことがある。ことに、殺された者の場合は特にな。しかも、その現場に行ったのだ。霊能力の強いそなたは、残留思念の塊《かたまり》をその身に浴びたようなものだ」

「……やっぱり、早由利さんが僕にあの現場を見せたのか？」

ようやく人心地がついてきて、圭寿はぐったりと背もたれによりかかる。

とにかく不意打ちで、ジェットコースターに何十周も乗せられてしまったような体験に、疲労困憊《こんぱい》していた。

「こないだの君枝《きみえ》の時も、そなたは霊の記憶に引きずられ、過去を覗《のぞ》いていたな。本格的に霊視をこなし始めて、そなたの霊能力がさらに開花しておるのかもしれぬ」

「……」

この能力を『常磐様』に返上するために活動しているというのに、さらに力が強くなっていくのはなんとも皮肉なことだ。

だが、今見たことを知らないふりはできなかった。

「どうしよう……僕が見たものが現実に起きたことかどうかなんて、証明のしようがない。でも早由利さんがもし本当に……廣志さんに見殺しにされたんだとしたら、放ってはおけないよ」

「そなたになんの関わりがある？　たかだかドリンク一杯無料の占いで請け負うには、荷が重過ぎる内容であろう」

「だけど……っ！」

「そなたの霊能力はいまだ成長期で、不安定だ。このようなことに度々《たびたび》関わっておると、いつかはそなた自身が闇に呑まれるやもしれぬぞ？　世界を救う英雄にでもなったつもりか？」

白蓮の言うことはもっともで、圭寿は咄嗟《とっさ》に反論できなかった。

なにより、早由利が廣志に見殺しにされたのを証明する手立てがないし、仮にできたとしても、真実を知った範子と深雪はどうなるのか？

あまりに重大な選択に、圭寿はただ沈黙するしかなかった。


すっかり疲れてしまったので、その晩は簡単な夕食を済ませ、圭寿は早々にベッドに入った。

夜になると、白蓮はだいたい霊体化してどこかへ姿を消してしまうので、眠る時は大抵部屋に一人だ。

布団の中で、圭寿は悶々《もんもん》と考える。

——いったい、どうすればいいんだろう？

なにか自分にできることはないのだろうかと、いくら悩んでも答えは出ない。

と、その時。

ベッドの足許《あしもと》に、ふっと人影が揺れる気配があった。

白蓮かと思ったが、意外にも早由利の霊だ。

どうやら今は、かろうじて理性を保てているらしい。

「……早由利さん……」

急いでベッドから起き上がった圭寿に、早由利はなにか物言いたげに着物の袷《あわせ》へ手を差し入れる。

彼女が取り出したのは、小さなピルケースだった。

あの悲劇があった日、身につけていたものだろう。

「ピルケースが、どうかしたんですか……？」

それには答えず、早由利は圭寿に向かって両手を合わせてみせる。

「お願いします、娘を助けてください。あの子は……人を……夫を殺そうとしているんです……！」

「え……!?」

それはいったいどういうことなのか、と聞き返そうとするより先に、早由利の霊はそのままふっと消えてしまった。

——範子さんが廣志さんを殺す……？　どうして……？

圭寿は寝間着《ねまき》代わりのTシャツと短パン姿で、ただ茫然《ぼうぜん》と立ち尽くした。


「さもありなん、だな」

翌朝、その話をしても白蓮は驚かなかった。

「え、白蓮、知ってたのか？」

「範子が左手首に包帯を巻いておったのに気づかなかったのか？　恐らく、廣志に日常的に暴力をふるわれておるのだろう」

「え……⁉」

まさかあの、いかにも紳士然とした廣志が、ＤＶ夫だったとは。

だが、早由利を見殺しにした時の、あの酷薄《こくはく》な表情を思い出し、あり得ないことではないと納得する。

「止めなきゃ……過去の廣志さんの犯罪は立証できなくても、これから起きる殺人なら止められるだろ」

するち、白蓮がふんと鼻を鳴らす。

「なんと言って止めるのだ？　そなたの手に負える代物《しろもの》ではない。よけいなことに首を突っ込むなと、いつも申しているであろう」

「でも……！　見て見ぬふりなんかできないよ。両親が殺し合うなんて、そんなひどいことになったら、深雪さんはどうなると思う⁉」

「それも、深雪自身が乗り越えねばならぬ試練なのだろう」

どうあっても白蓮が同意してくれないので、焦れた圭寿は叫んだ。

「もういいよ！　白蓮が協力してくれないなら、僕一人でやる！」

「はっ、戯《ざ》れ言《ごと》を。尻にまだ殻《から》がついているひよっこが、この難問をどう解決するのか見物だな。せいぜい高みの見物でもさせてもらうとしよう」

「……クッソむかつく！」

さんざん鼻で笑われ、圭寿はスマホの充電をしてやらないという、ささやかな腹いせに出たのだった。


日中、店を開いている時も、圭寿はいてもたってもいられず、気もそぞろだった。

早く範子を止めなければ、いつ凶行に及んでしまうかわからない。

思いとどまってくれるよう、なんとか説得しなければ。

でも、どうやって……？

「店長さ～ん、占いまだぁ？」

客の女子高生に催促《さいそく》され、圭寿ははっと我に返る。

「あ、すみません……では、知りたいことをなんでも一つ聞いてください」

「えっとぉ……」

彼女の話を聞き、普段のように接客しつつ気もそぞろだったが、圭寿はなんとか仕事をこなす。

考えあぐねた末、客がいない合間に深雪にメールし、先日霊視できなかった失礼を詫《わ》び、範子と話がしたい旨《むね》を伝える。

すると昼休みに返信が来て、今日は午後は廣志も不在で、範子は家に一人でいるという。

深雪のメールには、『私は仕事なので同席できないけど、圭寿くんさえよかったら母に連絡しておくので、立ち寄ってみて』とあった。

廣志がいては話ができないので、このタイミングを逃してはならないと、圭寿は急いで看板をしまって店じまいをし、今日の出店場所から車を発進させた。

「どこへ行く?」

「……深雪さんの家だよ。今、範子さんが一人らしいから、説得しに行く」

「廣志を殺すなんて、恐ろしい真似《まね》はやめろとでも言うつもりか?　叩き出されるのがオチであろう」

「……うるさいなぁ!　白蓮の力は借りないんだから、どこへでも行って好きなことしてればいいだろ!」

売り言葉に買い言葉で、きつく言い返すと、白蓮が舌打ちする。

「なら、そうさせてもらおう。どうせスマホも充電が切れそうだしな」

そう嘯《うそぶ》くと、白蓮は本当に実体化を解き、ふっと消えてしまった。

「……なんだよ、白蓮のわからずや」

なんだかんだ言いつつも、口は悪いが結局いつもそばにいて、今まで助けてきてくれたのに。

そう寂しくなり、はっと我に返る。

——駄目だ駄目だ!　いつまでも白蓮を頼ってちゃ。一人でなんでも解決できるようにならないと、父さんだって見つけられない。

そう、自分に言い聞かせる。

近くのコインパーキングに車を停め、圭寿は屋敷のインターフォンを押す。

するとややあって範子が応対してくれ、圭寿だとわかると電動ゲートを開けてくれた。

「こんにちは、こないだはお疲れさまでした。お話、私でわかるかしら？」

約束通り深雪が連絡しておいてくれたのか、範子は笑顔でそう出迎えてくれる。

彼女の、その楚々《そそ》とした優雅な物腰は先日と変わらず穏やかで、一見してなんの不穏な気配も感じられない。

「急にすみません。少しでいいので、お話聞かせていただけますか？」

「どうぞ、上がってくださいな」

案外あっさり家に上げてもらえたので、ほっとする。

案《あん》の定《じょう》、範子は今一人だというので、彼女はまた圭寿のためにおいしい紅茶を淹《い》れてくれた。

そのおっとりとした様子は、本当に殺人を考えているようには見えなかったので、圭寿は迷ったのだが。

「あの……深雪さんから聞いたんですけど、半年前に範子さんのお母様が亡くなられたとか。ご愁傷様《しゅうしょうさま》です」

思い切ってそう切り出すと、範子は笑顔から少し愁《うれ》いを帯びた表情になった。

「……ええ、元々心臓に持病があったんですけど、運悪く階段を下りる時に発作《ほっさ》を起こして転落して……薬さえ飲めていたら、助かっていたかもしれないんですけど」

やはり、早由利の死は不幸な事故として処理されたようだ。

「母は薬を飲もうとして、常に持ち歩いているピルケースを取り出したと思われるんです。でも不思議なことに、床に薬は散らばっていたけれど、ピルケースはどこを探しても見つからなかったんですよ」

「そうだったんですか」

昨晩、早由利が見せてきたピルケースは恐らくそれだろうと察しがついた。

だが、いったいどんな意味があるというのだろうか……？

「母が亡くなっても、時折家の中で母の気配を感じることがあって……。目に見えるわけではないのだけれど、母が好んでつけていた香水がふっと香ったり、家族で撮ったポートレートの額縁が、誰も触っていないのに急に落ちたり、そんなことが何度もあって。もしかしたら、母はまだ成仏できてないいんじゃないかしら……？」

彼女は、まるで独り言のように呟《つぶや》いてから、はっと我に返る。

「あらやだ、ごめんなさいね。こんな話をしてしまって」

「あの……本当のことを言います。どうか僕の話を聞いてください」

潔《いさぎよ》く頭を下げ、圭寿は深雪に頼まれ、霊視をするためにこの屋敷へ来たことを範子に説明した。

「うさん臭《くさ》くてとても信じられないかもしれませんが、僕は亡くなった方と話ができるんです。早由利さんは、あなたのことをとても心配されています」

思い切ってそう告げると、あきらかに範子の表情が強張《こわば》る。

「……私を？　なぜかしらね。あの、そろそろ買い物に行かないといけなくて。申し訳ないけれど……」

と、やんわり追い出されそうになったので、圭寿は必死に追いすがる。

「あなたが夫の廣志さんのことを……殺そうとしているので、それを止めてほしいと頼まれました……！」

ずばりとそう切り込むと、範子の顔色が変わった。

「……あ、あなた、なにを言って……」

「隠さなくていいです。その包帯、廣志さんに暴力をふるわれたんですよね？」

そう指摘すると、範子は急いでブラウスの袖口《そでぐち》から覗《のぞ》いていた包帯を隠す。

「早由利さんは、あなたが……薄々気づいていることを知っているんです。廣志さんが早由利さんを……見殺しにしたことを」

その言葉に、弁明する言葉すら思い浮かばない様子の範子の瞳から、どっと涙が溢《あふ》れる。

「あぁ……やっぱり……。そうだったんですね？」

早由利の指摘通り、範子はほのかに、けれど根深く夫への疑惑を抱き続けてきたのだろう。

誰にも相談できず、重い秘密を一人胸に抱えて限界だったのか、彼女はその場に泣き崩れた。

取り乱した範子が落ち着くのを待って、圭寿は声をかける。

「どうしてわかったんですか？」

「……あの日、家にはたまたま夫と母しかおりませんでした。警察の事情聴取で、夫は部屋でヘッドフォンをつけてオーディオを聴いていたので、母が階段から落ちる物音が聞こえず、発見が遅れたと言っていたのですが、夫の部屋のオーディオはその数日前から調子が悪くて、あの人、新しいのを買うと言っていたんです。細かいところが気に障《さわ》って癇癪《かんしゃく》を起こす人なので、いったん音が悪くなったオーディオで音楽を聴くはずがないことを、私は知っていました」

だが、それだけではなんの証拠にもならない。

よけいなことを警察に話せば、またひどく殴《なぐ》られるとわかっていたので、言えなかったと範子は再び涙を零《こぼ》した。

「財産管理をすべて担《にな》っていた母が亡くなると、あの人の浪費は目に見えてひどくなりました。ただでさえ、先祖代々受け継いできた土地は、相続税で切り売りして苦しい状況なのに……もううちにはこの屋敷しかないも同然なんです。なのに、夫はこの屋敷まで抵当に入れて、借金をしてあらたな投資話に乗るつもりなんです」

範子の話によると、それはいかにも怪しい詐欺紛《さぎまが》いの儲《もう》け話で、やめるよう必死に説得したのだが、廣志は聞く耳を持たないのだという。

「あの、廣志さんは深雪さんに暴力は……？」

一番気になっていたことを質問すると、範子はそれは大丈夫だと答えた。

「あの人が横暴に振る舞うのは、私に対してだけです。外ではとても人がいいと思われているので、私が殴られているなんて訴えても、きっと誰も信じてくれないわ……」

と、範子は自嘲《じちょう》気味に笑う。

モラルハラスメントやＤＶ加害者は一見すると穏やかで外面《そとづら》がよく、体裁《ていさい》を取り繕《つくろ》うことに長《た》けているという。

そうして被害者を周囲から孤立させ、自分の思い通りにコントロールしようとするのだろう。

「あの、差し出がましいようですけど、DVシェルターへ避難したり、離婚は考えなかったんですか？」

ネットであれこれ検索し、夫からの暴力に悩む女性を匿《かくま》ってくれるシェルターの存在を知った圭寿はそう勧めてみたが、範子は力なく首を横に振る。

「駄目なんです。何度か離婚を切り出してみたんですが、あの人は養子縁組の解消に応じてくれなくて。うちの財産をすべて使い果たすまでは、まだ私に利用価値があるから……」

二十歳《はたち》そこそこの圭寿相手に、ここまで内情をさらけ出すには、さぞ勇気が必要だったことだろう。

だが、早由利を亡くして以来、誰にも相談できず、たった一人で悩み続けてきたらしい範子は、箍《たが》が外れたようにすべてを語ってくれた。

範子と廣志は見合い結婚で、親戚《しんせき》の紹介で知り合ったという。

範子が一人娘なので、結婚相手は野々垣家に婿養子に入ってくれることが絶対条件だったため、縁談はなかなかまとまらなかったらしい。

そこに、婿養子でもいいという廣志が現れ、話はとんとん拍子に進んで二人は結婚し、やがて深雪が生まれた。

最初は優しかった廣志だが、結婚して十年以上経っても早由利が財産管理には一切タッチさせてくれないことに不満を抱き、その捌《は》け口《ぐち》として次第に範子に暴力をふるうようになっていったという。

「今思えば、最初からうちの財産が目当てで私と結婚したのかもしれません。あの人、深雪の結婚にも反対していて。お相手の和毅さんが婿養子に入ると、財産を奪われると思ってるに違いないんです。このままでは、この屋敷まで取られて、結婚する深雪になにも遺《のこ》してやれなくなってしまう……もう、もう今あの人を……殺すしか……っ」

長年受けてきた度重《たびかさ》なる暴力で、範子の精神状態はもはや限界寸前のように見えた。

精神的にひどく追い詰められている範子に、圭寿はかける言葉が見つからなかった。

必死に宥《なだ》めつつ、なんとか銀行からの融資の返事に一週間ほどかかり、今はその返事待ちだということを聞き出す。

「なら、少なくとも一週間は廣志さんも動きようがないってことですね？　その間、絶対に早まった真似《まね》だけはしないと約束してもらえますか？　深雪さんのためにも」

深雪の名を出すと、範子ははっと我に返ったようにうつむき、そして頷《うなず》いた。

先日霊視できなかったので、帰り際にもう一度早由利が亡くなった階段の踊り場を見せてもらう。

今度は早由利の負の感情に呑《の》み込まれないよう、腹に力を入れて気合いを入れ、話しかけてみる。

『早由利さん、ここにいらっしゃるなら、姿を見せてください』

そう訴えると、階段の二階踊り場にぼうっと早由利の霊が現れる。

圭寿は階段を上がり、彼女のそばへ歩み寄った。

その様子を、範子は見えないながらも固唾《かたず》を呑んで見守っている。

『苦しい……助けて……』

やはり早由利の霊はいまだ錯乱《さくらん》状態で、死の間際の苦しみから逃れられずにいるようだった。

『落ち着いてください、あなたはもう、その苦しみからは解放されている。それはただの記憶です』

家族だった婿に見殺しにされた、その悲しみと苦しみはいかばかりだっただろうと思うと胸が痛む。

だが、今は早由利が成仏《じょうぶつ》できるように手助けしてやりたかった。

『早由利さん、範子さんのことは僕が止めますので、安心して成仏してください』

必死にそう話しかけるが。

『ああ、苦しい……苦しくてたまらないの……』

よほど殺された時の無念が強く残っているのか、早由利はなかなかその呪縛《じゆばく》から逃れられないようだ。

こんな時、まだ能力が不安定な我が身の未熟さを思い知らされる。

――まずい……っ。

再び早由利の負の感情に呑まれそうになり、圭寿は形勢を立て直す。

と、その時だった。

「そこでなにをしている」

ふいに背後から男性の声が聞こえ、圭寿と範子ははっとして階段の踊り場を見下ろす。

そこに立っていたのは、いつのまにか帰宅していた廣志だった。

「あ、あなた、これは……」

青ざめる範子に冷たい一瞥《いちべつ》を投げ、廣志はゆっくりと階段を上がってくる。

「こんなところで、いったいなにをしていたのかと聞いているんだ」

「そ、それは……」

答えに詰まる範子を見下ろし、廣志は次に圭寿へ視線を移す。

「誰かと思ったら、こないだのキッチンカーの若造か。人の留守中に勝手に上がり込んで、なにをしていた？」

ここで取り繕《つくろ》うのは難しいと判断し、圭寿は本当のことをぶつけてみることにした。

「……早由利さんの霊が浮かばれずにいて、まだ成仏できずにこの屋敷に留まっています。そしてあなたのことを……僕に伝えてきました」

思い切ってそう伝えると、廣志の表情がわずかに歪む。

「範子、おまえは自分の部屋に行っていなさい」

「は、はい……」

日頃暴力をふるわれていると言いなりになるしかないらしく、範子は一言も口答えせず、小走りに階段を下りて一階へ姿を消す。

「さて、話を詳しく聞こうじゃないか。義母は不幸な事故で亡くなったんだ。それを妙な難癖《なんくせ》つけてくるとは、いったいどういう了見なんだ？」

「あれは事故ではありません。早由利さんが発作《ほっさ》を起こしているのを知りながら、あなたが薬を飲ませてあげずに起きた悲劇です。しかもあなたが彼女を階段から蹴《け》り落とした」

確信を持って、圭寿は続ける。

「早由利さんの霊が、あなたのことを教えてくれたんです。ご家族のためにも、どうか自首して罪を償ってください」

そうすれば早由利の無念も晴らされ、成仏できるはずだ。

だが、廣志は突然弾けたように高らかに笑い出す。

その笑い声は常軌を逸していて、圭寿は背筋がぞっとする。

「面白い話だ。仮に百歩譲《ゆず》って、今の話が本当だとしよう。だが、それをどう証明するのかね？　まさか警察に行って、『幽霊が犯人だと言っていたから』とでも訴えるつもりかね？」

廣志の指摘はもっともだったので、圭寿はぐっと返事に詰まった。

なにか、方法はないのか？　なにか……！

苦し紛《まぎ》れに思考をフル回転させ、あることにはっと気づく。

「……確かに、僕の言っていることは警察に取り合ってもらえないかもしれません。でも、早由利さんから聞きました。あなたは、彼女のピルケースを取り上げ、手が届かないところへ置いた。時間をおいて確実に早由利さんが亡くなってから、再び踊り場に戻って脈を確かめた。その時に、念のためピルケースについた自分の指紋をハンカチで拭き取り、早由利さんの手に握らせて戻しましたね？」

それを聞いて、終始鷹揚《おうよう》に構えていた廣志の顔色があきらかに変わったので、圭寿は自分が視《み》たヴィジョンが真実だったことを察した。

「そのピルケースを調べてもらったら、毎日早由利さんが使っていたにしては指紋が少な過ぎるのは不自然だとは思いませんか？　いや、もしかしたら拭き残したあなたの指紋も検出されるかもしれない」

そうカマをかけてみたら、廣志はどう出るのか？

それは一種の賭《か》けだったのだが、廣志はまんまと食いついてきた。

いきなり物も言わずに圭寿に飛びかかり、廊下《ろうか》に押し倒して馬乗りになる。

「廣志さん……!?」

「確かに床に戻しておいたはずなのに、あのピルケースはどこを探しても見つからなかった。貴様か!?　貴様が持っているんだな!?」

「お、落ち着いてください！」

まさかここまで過剰《かじよう》反応されるとは思わず、圭寿も困惑する。

なんとか押しのけようと藻掻《もが》くと、今度は両手で首を絞《し》め上げられた。

「言え！　あれはどこにある!?」

「う……ぐ……っ」

すさまじい力でギリギリと絞め上げられ、気道が塞《ふさ》がれる。

深雪の父親だから手荒な真似《まね》はできないとためらっているうちに、息が苦しくなり、だんだんと意識が遠のいてきた。

――あれ、もしかして、これってかなりまずい状況……？

決死の覚悟で家出してまで東京に父を捜しに来たというのに、なんの手がかりも得られないうちに命を落としてしまうのか？

――白蓮……‼

その瞬間、脳裏《のうり》をよぎったのは白蓮の顔だ。

だいたい、白蓮が手を貸してくれないからこんなことになったのだ。

ぜんぶ、白蓮が悪い。

心の中でそう責任転嫁《てんか》し、圭寿は苦笑する。

――呼んだって、助けに来るわけないか。

だって、白蓮は人間嫌いで、早く五百城家が絶えてしまった方が都合がいいのだから。

――このまま僕が死んだら、白蓮は自由になれるのかな。

なら、それもいいかもしれない。

何百年も五百城家を見守り続けてきた白蓮が、その長い役目から解放されるのなら、それでも……。

だんだんと暗くなっていく視界に、鬼のような形相《ぎょうそう》の廣志の顔がぼやけて見える。

自らの罪が発覚するのを恐れ、我を失っている哀れな犯罪者の表情だ。

「貴様が人の家を嗅《か》ぎ回ったりするのが悪いんだ……！　ピルケースを返せ！」

廣志としては、圭寿を尋問しているつもりらしいのだが、両手の力は強く、頸動脈《けいどうみゃく》を絞め上げられた圭寿の意識は今にも途絶えそうになっていた。

「廣……志さ……っ」

「あの老いぼれが、いつまでも私に財産管理を任せないから、こういうことになったんだ。私は悪くない……！」

もう駄目だ、と観念した、その時。

突然、まるで何者かに蹴りつけられたように、馬乗りになっていた廣志の身体《からだ》が横に吹っ飛び、二階の廊下に転がった。

「うわぁぁぁっ‼」

「下郎《げろう》が。我の監視下にある者に手を出すなど、百年早いわ」

霞む瞳を必死に凝《こ》らすと、倒れた廣志の襟首《えりくび》を片手で軽々と摑《つか》み上げていたのは、なんと白蓮だった。

「白……蓮……？」

「な、なんだ貴様は⁉　いったいどこから入ってきた⁉」

まるで煙のように唐突《とうとつ》に現れた白蓮に、廣志はパニックに陥《おちい》っている。

解放され、激しく咳《せ》き込む圭寿を、白蓮は冷ややかな眼差《まなざ》しで見下ろす。

「非力なくせに、肉弾戦とは恐れ入ったな。考えなしにもほどがある。もう少しやりようがあっただろうが。このたわけが！」

この怒りようから察すると、どうやら白蓮は気配と姿を消し、一部始終を見ていたようだ
「そこまでディスらなくたっていいだろ……ってか、最初から見てたなら、もっと早く助けろよ……」

「ふん、それでは我のありがたみがわからぬではないか」

ぽいっとゴミのように白蓮に放り出され、人間離れした腕力のある彼にすっかり戦意喪《そう》失《しつ》した廣志は、床を這《は》いずるように逃げ出す。

「範子！　不審者だ、警察を呼べ！」

「やれやれ、警察を呼ばれて困るのはそなたの方ではないのか？　まぁ、好きにするがよい」

「し、証拠なんかなにもないんだ！　貴様ら風情《ふぜい》になにができる⁉」

そう嘯《うそぶ》き、廣志は階段へ逃げようとする。

と、その時。

唐突に湿った風が吹き、彼らの前にぼうっと現れたのは早由利の霊だった。

いつも圭寿が見ている生前の姿とは違い、額から血を流し、いかにも恨めしそうな表情だ。

「ひ、ひぃぃっ‼　な、なんで貴様がここに……⁉」

廣志にもはっきりと認識できるのか、悲鳴をあげる彼に、早由利の霊はゆっくりと接近していく。

──苦しい……助けて、廣志さん、助けて……。

「うるさいっ、来るな！　わぁぁっ！」

パニック状態に陥って両手を振り回し、後ろも見ずに後じさった廣志は、そこに階段があることも気づかず逃げ出そうとする。

「うわぁぁぁぁ……‼」

みごとに足を踏み外し、廣志はすごい勢いで階段を上から下まで転げ落ちていった。

「廣志さん……⁉」

圭寿も急いで階段を下りて駆け寄るが、一階の踊り場に倒れ伏した廣志は、左足を押さえて苦悶《くもん》している。

「ううっ、足が……っ！」

ぶつけて切れた額からは血を流し、早由利と同じ左足首を骨折したらしいその姿に、圭寿は因果応報《いんがおうほう》という言葉が脳裏をよぎり、背筋がぞっとした。

「あ、あなた……⁉」

物音にたまらず部屋から出てきた範子が、慌てて廣志に駆け寄り、困惑した様子で圭寿と白蓮を見上げる。

すると白蓮は、懐《ふところ》から圭寿のスマホを取り出した。

そして、録音していた音声を再生する。

『……ピルケースを返せ！　……あの老いぼれが、いつまでも私に財産管理を任せないからこういうことになったんだ。私は悪くない……！』

それはさきほどの圭寿と廣志のやりとりを録音したもので、それを聞かされた範子の顔色が変わった。

「このデータはそなたにやろう。この男を警察に突き出すか否《いな》かは、そなたが決めるがよい」

白蓮の言葉に、痛みに藻掻《もが》く廣志は妻に向かって必死に作り笑顔を見せる。

「の、範子、今のはなんでもないんだ。こいつらが勝手に……。第一、私が捕まったりすれば野々垣家の名に傷がつくぞ？　おまえはそんなバカな真似《まね》はしないよな？」

今度は猫撫《ねこな》で声で懐柔《かいじゅう》にかかる廣志の見苦しさに、範子は沈黙し、そして近くにあった電話の子機を手に取った。

「範子!?　貴様……！」

「家名に傷がつこうと、あなたとの縁を切ることの方が大事です。深雪のためにも」

きっぱりそう言い切り、範子は震える指先で一一〇番のボタンを押した。

「もしもし、警察ですか？」

それを聞き、廣志ががっくりと項垂《うなだ》れる。

ようやく酸欠も落ち着き、人心地を取り戻した圭寿は、ふと気配を感じて隣を見た。

すると早由利の霊は、おどろおどろしい姿から、いつのまにか穏やかな生前の姿へと戻っていた。

そして、圭寿に向かって一階踊り場の階段の隅を指差す。

するとそこには、ピルケースが落ちていた。

「これは……」

どう考えてもさきほどまではなにもなかったのは圭寿も確認しているし、事件から半年経っているのにそれが現場に残されているわけがない。

なのに、それはそこにあったのだ。

——ありがとう、本当に。

圭寿と白蓮に向かって深々と頭を下げ、早由利はふっと消えた。

ややあって、遠くからパトカーのサイレンの音がゆっくり近づいてくるのが聞こえ、廣志は力なく肩を落とした。


それから、しばらくして。

改めてお礼がしたいと範子と深雪に招待され、圭寿と白蓮は再び野々垣邸を訪れた。

『あのマカロンとやらをたらふく食わせてくれるならば、行ってやってもよいぞ』などと極《きわ》めて尊大な白蓮の返答に、範子達は本当に先日出してくれたマカロンを山ほど用意して待ってくれていたので、白蓮はご満悦《まんえつ》だ。

だが、一口で終わってしまう小さなそれが、一つ四百円もすることを知った圭寿は、今後白蓮に買えとねだられるのを想像するだけで寒気がする。

真夏の怪談よりも恐ろしい。

「その節はお世話になりました。本当に、なんてお礼を言ったらいいか……」

範子と深雪に深々と頭を下げられてしまい、圭寿は慌てる。

「そんな、やめてください。僕は結局なんのお役にも立てなかったんですから」

「そうだぞ。すべて我のおかげだ」

白蓮がまたよけいなことを言うので、圭寿は無言の肘鉄を食らわせて黙らせる。

その後、逮捕された廣志は現在も取り調べを受けている最中のようだ。

範子の話によれば、無謀《むぼう》な投資話以外にも、廣志は外に愛人を囲っていて、高価な宝石などをせがまれ、一日も早く野々垣家の金を自由にしたくて、持病がある早由利が発作《ほっさ》を起こす機会を狙っていたと、かなり計画的だったことをほのめかしているらしい。

だが、早由利の霊がよほど恐ろしかったのか、取り調べにも素直に応じて罪を認めているようだ。

範子は廣志との離婚と、野々垣家からの養子縁組解除のために弁護士を依頼したという。

「本当に不思議ね……事件から半年も経って、何度も掃除《そうじ》して絶対になかったと断言できるのに、偶然あの日に母のピルケースが出てくるなんて……」

範子が、しみじみと呟《つぶや》く。

「証拠がなかったら、お父さんもしらを切り続けただろうしね。やっぱりあれはお祖母ちゃんのおかげなんじゃないかな」

深雪は、早由利の霊が唯一の証拠となるピルケースを隠していたと考えているようだ。

「でもまさか、父が母に暴力をふるっていたなんて、ぜんぜん気がつかなかった……私、厳格な父の監視から逃れたくて、なるべく家にいないようにしてたから……」

支配する対象の深雪に距離を置かれ、廣志はそのせいで範子に手を上げるようになったのかもしれない。

深雪はそれをひどく後悔《こうかい》しているようだった。

「それは違うぞ、深雪。相手を操り、支配しようとする者は遅かれ早かれ手を上げていたはずだ。被害を受ける側が、自分のせいだなどと罪悪感を持つ必要はない」

「蓮さん……」

数百年生きながらえ、人間の世の移り変わりを見てきた白蓮の言葉は、聞く者の心に染み入るようで、深雪は涙ぐんでいた。

「不思議ね、なんだか蓮さんとは、すごく年上の人と話してる気がする」

事実、その通りなのだが、白蓮があやかしだとは知らない深雪は、涙を拭いてにっこりした。

「こんなことになって、結婚も破談になると覚悟してたんだけど、和くん、それでもいいって。これからは父の代わりに、自分が私と母を守るから結婚しよう、って言ってくれたの」

「それはよかったですね、おめでとうございます」

嬉しい報告に、圭寿もつられて笑顔になる。

落ち着いてから、和毅は野々垣家に婿入りすることになるようだ。

これで深雪と和毅が結婚し、新しい代になってこの家が繁栄《はんえい》することを、圭寿は他人《ひと》ごとながらひそかに願った。

「それで、あの……つかぬことを伺《うかが》いたいのですが」

話が一段落すると、圭寿は思いきって本題を切り出す。

「深雪さんから聞いたんですが、野々垣家は代々跡継ぎに恵まれないとか。その原因がなにかわかるような、ご先祖様の記録等は残ってらっしゃいますか？」

伝承でもなんでもかまわないので、なにかわかることがあったら教えてほしい。

そう頼むと、範子は困惑げに思案する。

「そうねぇ……私も母からちらっと話を聞いた程度なんですけど」

すると深雪の背後には、彼女の守護霊の商家のおかみさんが、そして範子の背後には彼女の守護霊とおぼしき、覇気《はき》のなさそうな初老の僧侶《そうりょ》が現れた。

いよいよ呪いについてなにかわかるかもしれないと、圭寿は期待から逸《はや》る気持ちを抑える。

範子の話では、かつて領主だったご先祖がひどい飢饉《ききん》の時にも重税を課し続け、耐えかねた農民達が一揆《いっき》を起こしたことがあったらしい。

それぞれ鍬《くわ》や農具を武器に領主の城を襲ったが、大量の兵には敵《かな》わず、彼らは見せしめのために全員処刑され、河原にその首を晒《さら》されたという。

処刑の折、最後の一人がこう怨嗟《えんさ》の言葉を言い残した。

『おのれ、この恨み晴らさでおくべきか。我ら一同、怨霊《おんりょう》となりて、末代まで呪ってやる。野々垣家が絶えるまでな……！』

だが領主はそれをあざ笑い、彼らにまともな墓も作らず、大きな穴を掘ってそこへ亡骸《なきがら》を投げ込み、埋めてすべてをなかったことにした。

その非情な領主の代以降、なぜか野々垣家には男子が生まれにくくなり、やっと生まれても病《やまい》や事故で早世《そうせい》するケースが頻発《ひんぱつ》した。

「私も、今まではっきりとそれが呪いだとは認識してきませんでした。けれどこんなことがあって……目には見えなくても、人間の理解を超えた不思議なことが起きるのではないかと、今は思っています」

範子は、そうまとめる。

二人の守護霊は、黙って範子の話を聞き終えると、圭寿にはなにも訴えてこようとはせず、再びすっと消えてしまう。

聞いた限りでは、野々垣家の呪いも戦国時代からこの数百年、連綿と続いているようだ。

もしかしたら、野々垣家が受けた呪いのせいで、深雪と範子の守護霊達の力が弱まり、本来の守りが発揮できず、廣志の凶行を止められなかったのかもしれない。

範子は、代々受け継ぎ、早由利が保管していたという家系図を見せてくれたが、それだけでは詳しいことはなにもわからなかった。

すると、それまで我関せずといった様子でマカロンを食べていた白蓮が、突然立ち上がる。

「な、なんだよ?」

「話がつまらんので、庭でも散策してくる」

そう言い残し、白蓮は勝手にリビングを出ていってしまった。

見ると、三十個以上はあったマカロンを、すべて平らげている。

今、貴様は紅茶一杯で一万二千円を消費したのだと、と追いかけていって襟首《えりくび》摑《つか》んで揺さぶってやりたい気分だ。

「ほんと、すみません。無礼な奴で……」

「ふふ、従兄《いとこ》だけど、まるで本当の兄弟みたいね」

「兄弟……？」

深雪に言われ、圭寿は少し驚く。

この世に生まれ落ちた時から、ずっとそばにいた白蓮。

たとえ彼が人ではない存在だとしても、長年共に暮らせば家族のように見えるのだろうか？

「……そうですね。僕にとって彼は……なんというか、出来の悪い家族みたいなものかもしれません」

ほとんど、独り言のように呟く。

いたらいたで振り回され、イライラするけれど、姿が見えなければ、それはそれで心配になってしまう。

果たしてこれは、家族の情と言っていいのだろうか……？

小さい頃は、父と子のようだった。

成長し、今は兄弟のように見えるという。

そしてこの先、今度は年を取った自分が白蓮の父、そして祖父のように見える日が来るのだろうか。

――考えてみれば、僕が知っている白蓮って、ほんの一部なんだよな。

数百年生きているという白蓮の人生を、圭寿が知っているのはほんの二十年足らずだけなのだから。

それまでの彼が、あやかしとしてどう生きてきたのか、圭寿には想像もつかない。

ずっとそばにいるのに、自分は彼のことをほとんどなにも知らないに等しいのだ。

圭寿は改めて、そんなことを考えていた。


一方、一人屋敷の外へ出た白蓮は、くん、と鼻を鳴らし、裏庭へ向かった。

屋敷の裏にはみごとな竹林があり、その前で足を止める。

すると一陣の風が吹き、それが過ぎた後、竹林を覆《おお》い尽くすほどの黒い靄《もや》が現れた。

「おお……これはこれは……あなたさまは、我らの同類ですね？　いやはや、もっとも我らなど足許《あしもと》にも及ばぬ、上級の方とお見受けしましたが」

「貴様が、この家に災《わざわ》いをもたらす怨霊か。鼻が曲がりそうな腐臭がするぞ。廣志を操っておったな？」

　すると、怨霊は悪意丸出しで耳障《みみざわ》りな音を立てて笑う。

「これは人聞きの悪い。あれはあの者の本性にございます。なに、我らはほんの少し、背中を押してやっただけのことでして」

　邪悪にうごめくそれは、大勢の人間の怨嗟と無念が凝《こ》り固まった集合体で、もはや原形を留めておらず、おそらくもう自分が何者だったかすら憶えていないだろう。

　ただただ、この世に負と邪悪な感情をまき散らすのみの存在となり果てたそれを、白蓮は冷ややかに睥睨《へいげい》する。

「目障りだ、去《い》ね」

　媚《こ》びようとしても受け入れてもらえず、怨霊のオーラは怒りを孕《はら》んでいく。

「……ふん！　いにしえの契約に縛られし者よ。本来、我らの獲物であるはずの人間に情を移したな？　あやかしの風上にも置けぬ！」

　さきほどまでとは打って変わって本性を表した怨霊は、白蓮に牙を剝《む》いて襲いかかってきた。

「やれやれ、小雀《こすずめ》がぴいちくとよく囀《さえず》ることよ」

　なりゆき上やむなし、と一人ごち、白蓮が小気味よい音を立てて右手で指を鳴らす。

「ギイヤァァア……‼」

すると、目の前に迫っていた怨霊は、凄《すさ》まじい断末魔《だんまつま》の叫びを上げ、まるで爆発でもしたかのように四散《しさん》した。

それはやがて黒い霧になると、その後、後片もなく消えてしまった。

あとには一人、白蓮だけが残される。

「そなたらはもう、今世での苦しみから解放されたのだ。大人しく天へ昇り、来世に備えるがよい」

それは白蓮からの、一抹《いちまつ》の憐憫《れんびん》の情だったのかもしれない。

濁《にご》っていた空気が次第に澄んでいくのを確認すると、白蓮は裏庭から戻る。

すると、ちょうど玄関から圭寿が出てきたところだった。

「あ、いたいた。どこほっつき歩いてたんだよ？」

「なに、うるさい羽虫がおったのでな。軽く手で払ったまでよ」

「ふ～ん？　庭に木が多いから虫も多いのかな？」

白蓮がなにを言っているのかよくわからないようだったが、圭寿はまぁいいかと話題を変える。

「そろそろ帰るぞ」

圭寿に連れられ、車へ戻る途中、見送りに出てくれた範子と深雪が会釈《えしゃく》してくれる。

「マカロンの礼はしたぞ」

これでこの先、和毅と深雪の間には男の子が産まれる可能性は上がったことだろう。

「……野々垣家にとって、久々の男子誕生となるやもしれぬな」

圭寿には聞こえないようにそう呟《つぶや》き、白蓮は彼らに背を向けた。

エピローグ

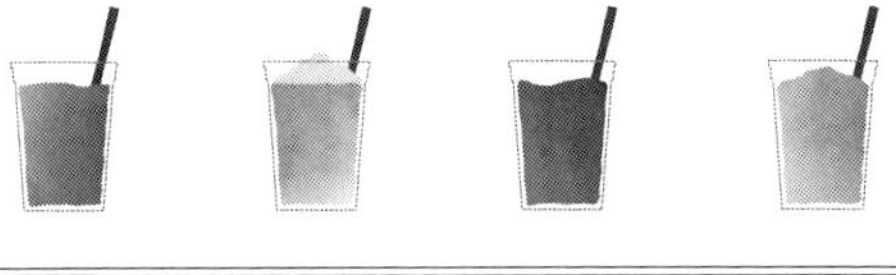

「圭寿《けいじゅ》、そこの角で停めろ」

車での移動中、ふいに白蓮《びゃくれん》が言う。

その日の仕事を終えて店を畳《たた》み、後はアパートに帰るだけなのだが。

「え、なんで？」

「いいから」

訳がわからないまま、近くにあったコインパーキングにキッチンカーを停めると、白蓮は窓の外にある洋菓子店を指差した。

「この店のスイーツがＳＮＳ映えすると評判だ。買うがよい」

スマホを差し出され、画面を見ると、いかにもおいしそうな数々のケーキが並んでいる。

どうやら有名なパティスリーらしい。

「またかよ～」

「圭寿にとっても経営の参考になるのだから、しのごの言うな」

「まったく都合のいい屁理屈《へりくつ》ばっかこねやがって。白蓮のおやつ代で、うちのエンゲル係数爆上がり中なんですけど」

「賃金も与えずに我をこき使っておいて、なにを言う。これくらい正当な報酬《ほうしゅう》のうちであろう」

「営業中はスマホ見てる時間のが長いくせに、よく言うよ」

ぶつぶつ文句を言いながらも、不承不承《ふしようぶしよう》財布を取り出すと、白蓮はそれをひったくり、意気揚々《ようよう》と車を降りて店へ入っていった。

ややあって、ケーキ箱を提げた白蓮が戻ってくるが、どう見ても大型ホールケーキが入っている大きさだったので、圭寿は眉間《みけん》に皺《しわ》を寄せる。

「なんで、そんなでかいの買ってくるんだよ」

「この店ではこれが一番人気なのだ。細かいことを気にするな」

「はぁ？　ふざけんな。毎度毎度ＳＮＳ映えが～とか言って、破産させる気かっ」

と、いつものようにモメながら、再び車を発進させる。

「今日は疲れて作る気しないから、弁当買って帰るぞ」

「なら、我はいらぬ」

「はいはい、わかりました。ワガママで贅沢《ぜいたく》に育て過ぎちゃったかな～」

夕飯は圭寿と食べることが多いのだが、すっかり舌が肥《こ》えてしまった白蓮はお気に召さないメニューだとこうして拒否するのだ。

実体化していない時は別に食事をしなくてもかまわないのに、おいしいものだけ食べたがるところが困りものである。

途中弁当を買い、自室へ戻ると、さっそくシャワーを浴び、さっぱりしたところでレンジで温めた弁当を食べ始める。

節約のため、できるだけ自炊《じすい》するようにはしているのだが、遅くなったり疲れていたりすると、つい総菜《そうざい》や弁当に頼ってしまう。

常にハウスキーパーがいて、栄養バランスの整った料理が何品も出されていた実家にいた頃からは、考えられない食生活だ。

故郷の実家は平屋で二十近くの部屋があり、広大な敷地に庭には離れと蔵が二つある大豪邸で、自室は冷暖房完備の快適な居住空間だった。

今の部屋は、築五十年越えのオンボロアパート。

しかも（成仏《じょうぶつ》はしたが）幽霊のおまけつき。

畳《たたみ》は毛羽立ち、隣の部屋の物音も筒抜《つつぬ》けで、ぎしぎしと軋《きし》む窓や扉は立て付けも悪く、冬はすきま風で震える寒さだ。

それでも、今の方がいい。

家出を決行して、約一年。

圭寿は、苦労と引き替えの自由を満喫《まんきつ》していた。

初めての一人暮らしは寂しいだろうと覚悟していたが、白蓮がいるので今までとあまり変わらなかった。

――――矛盾《むじゅん》してるよな。白蓮達あやかしのせいでこんなことになってるのに、僕は白蓮の存在に救われてる。

圭寿の、白蓮への気持ちはとても言葉で言い表せないくらい複雑なものなのだ。

圭寿が弁当を食べ終えると、いったん姿を消していた白蓮がまた実体化して現れ、「ケーキを食べるぞ」と言う。

「あ、そっか」

考え事をしていたので、すっかり忘れていた圭寿は、冷蔵庫に入れておいたケーキ箱を取り出した。

「僕は少しでいいからな。残りは白蓮が責任持って食えよ?」

皿を用意しながら、ケーキ箱を開けると……。

中からイチゴのホールケーキが出てきて、中央に載せられたチョコプレートには「お誕生日おめでとう」と書かれていた。

添えられていたロウソクは、数字で「二十一」。

「あ……」

それを見て初めて、圭寿は今日が自分の誕生日だったことを思い出す。

このところ新商品のことで頭が一杯だったせいで、すっかり忘れていた。

「白蓮、これ……」

すると、白蓮はちらりとケーキへ視線をやり、背中を向ける。

「我はケーキをくれと言っただけだ。店員が間違えてつけたのだろう」

「いやいや、それはないだろ」

「知らぬ」

あくまでそう言い張るので、つい笑ってしまう。

実家では、毎年必ず祖母が用意してくれていた、バースデーケーキ。

白蓮は、それを憶えていたのだろうか……？

「そっか。間違いでも、せっかくつけてくれたんだから、使うか」

圭寿はロウソクをケーキに刺し、ライターで火を点けた。

「誕生日おめでとう！」

気恥ずかしさをごまかすために、おどけて拍手するが、白蓮はなにも言わず、静かにロウソクの炎を見つめている。

その炎を、圭寿は一息で吹き消した。

これからの誕生日は一人だと思っていたが、白蓮だけはそばにいてくれる。

それがいいことなのか、悪いことなのかはわからなかったが。

そうして、カットしたケーキを二人で食べる。

食べ始めてから、「あ、写真撮らなかったけど、よかったのか？」と気づく。

今話題のスイーツを食べると、白蓮がいつも店のブログに写真をあげているのだ。

そうした、店員の日常感を出すのも、客に親しみを持たせるテクニックなのだという。

「今日が誕生日という情報と、二十一歳のバースデーケーキから、万が一そなたの素性《すじょう》がバレては困るからな」

そっけなく、白蓮がそう答える。

「……そっか」

家出中の圭寿は、祖母に居場所が知られては困るので、気軽にＳＮＳで呟《つぶや》くこともできない。

「昨今のネットリテラシーは大事だぞ。ＳＮＳの写真や個人情報から、アカウントの身許《みもと》が割り出されてしまうのだからな」

「いつのまにか、僕より詳しいな。ほんとにあやかしかよ」

ケーキは白蓮が目をつけていただけあって、おいしかった。

大粒の苺《いちご》がゴロゴロ入っていて、圭寿の好きなショートケーキタイプだった。

「あのさ」

少しでいいと言ったくせにお代わりしながら、圭寿は続ける。

「半年経ったし、そろそろここから引っ越そうかと思うんだ」

「そうか。絹子《きぬこ》の煮物が食べられなくなるな」

「絹子さん達には、また会いにくればいいじゃんか」

そうだな、とめずらしく白蓮が素直に同意する。

祖母はきっと探偵など雇い、血眼《ちまなこ》で自分の行方《ゆくえ》を捜しているだろう。

遠く離れていても、それは圭寿にはわかっていた。

この先も、きっと短いスパンでの引っ越しを余儀《よぎ》なくされるだろう。

このアパートの住人達ともせっかく親しくなれたのに寂しかったが、しかたなかった。

「白蓮」

「ん?」

言いかけてから、圭寿はうつむき、もごもごと続ける。

「それから、その……こないだは……助けてくれて、ありがとな」

本当は今までも何度も言おうとしてきたけれど、なかなか口に出せなかった。

改まって礼を言うのが、なんだか照れ臭《くさ》かったから。

けれどやっぱりけじめとして言わなければいけないと、ようやく覚悟を決めたのだ。

それを聞き、白蓮が器用に片眉《かたまゆ》だけを吊り上げてみせる。

「ずいぶんと遅い礼じゃのぅ」

「……うるさいなぁ。さっさと食えよ。まだ半分も残ってるぞ」

照れ隠しに、圭寿は大口を開けてケーキを頬張《ほおば》った。


深夜、圭寿が眠ったのを見届け、白蓮は霊体化した姿でふらりとアパートを出た。

空高く舞い上がり、風に乗って空を駆ける。

霊体の姿では、千里の道程もあっという間のことだ。

彼が訪れたのは、まだ日本にも数少ないながら残されている、とある山奥の禁足地だった。

人里は遠く、この場所に足を踏み入れる人間はほとんどいない。

その人里でも、ここには決して近づいてはならないと代々言い伝えられているせいもあるだろう。

うっそうとした木立の奥に分け入ると、そこには巨大な岩がしめ縄を張られて祀《まつ》られていた。

かなり遠くからでも、ビリビリと緊迫した空気が伝わってくる。

この地に、強大な力を持つなにかが封じられている証拠だった。

その巨岩の前に立つと、白蓮は片膝をつき、深々と頭《こうべ》を垂れる。

「ご無沙汰《ぶさた》しておりました、常盤様《ときわ》」

語りかけても、深い眠りについている彼女からの返事はない。

わかっていても、白蓮はこうして毎年、五百城《いおき》家当主の誕生日になると、それを報告するためこの地を訪れるのだ。

「圭寿が、二十一になりましたぞ。あの泣き虫だったチビ助が、今では一人前にスマホ育児だなどと抜かして我をこき使おうとするのです。おまけに無謀《むぼう》な家出に付き合わされて、まっこと迷惑千万」

それからひとしきり、白蓮は物言わぬ常盤相手に近況を語り続けた。

だがそれは、圭寿の愚痴《ぐち》と見せかけておいて、その実可愛《かわい》い我が子をのろける親のようであることを、彼は自覚していない。

「非力なくせに、負けん気だけは強くて。お人好しで、なんの利益にもならぬことに首を突っ込んで危険な目に遭《あ》うので、目が離せませぬ。なれど……なんと申しましょうか」

こういう気持ちを、駄目な子ほど可愛いなどと表現するのだろうか、と白蓮は思ったが、口には出さなかった。

常磐との盟約によって長年人の世に留まり、霊力を失いかけた白蓮が実体化できるほどに力を取り戻せたのは、圭寿の力のおかげだ。

なにより彼は白蓮の存在を感じ、見て、話しかけてくる。

空気のように、ただ歴代当主達をひそかに見守り続けてきた白蓮にとって、それは望外の驚きだった。

「……それでも、あれは我に、今でもおやつを半分分けてくれるのです」

白蓮の好物があれば、圭寿はいつも「これ、好きだろ？」と言って分けてくれる。

ごく当たり前に、当然のことのように。

「我も、あれを構い過ぎたとの自覚はあるのです。なれど……」

ここまで関係が深くなってしまうと、それは不可抗力《ふかこうりょく》だろうと、つい自身に言い訳してしまう白蓮である。

巨岩を見つめ、彼は語り続ける。

「常盤様は、ただの一度も後悔《こうかい》なされませんでしたか？　たった一人の人間を愛したが故に、御身《おんみ》を犠牲《ぎせい》にされたことを」

問わずとも、白蓮にも彼女の気持ちは、うっすらと理解できるようになっていたかもしれない。

最愛の常磐を奪った人間どもを、白蓮は許せない。

常磐との約束がなければ、人間などと関わりたくもないし、いっそ滅ぼしてもいいくらいの存在だ。

だが、そんな気持ちにほんの少しだけ変化が訪れたことを、彼は自覚していた。

「……また来年、参ります」

この数百年の間に、本当は何度も何度も、数え切れないほど考えた。

常磐との盟約に背いて五百城家当主を殺し、彼女を奪われた恨みを晴らそうと。

この茶番を、自らの手で終わらせてしまおうと。

だが、できなかった。

なにより圭寿には、常磐の血が確かに受け継がれている。

白蓮は、最愛の常磐を奪った人間の末裔《まつえい》を守り続ける矛盾《むじゅん》と、これからも当分は付き合っていかねばならぬのだ。

「夜中、呼んだのにいなかっただろ。どこ行ってたんだよ？」

早朝、アパートへ戻ると、既に起きて待っていたのか、顔を見るなり圭寿にそう文句を言われた。

「……どこでもよいではないか。我にもプライバシーはある」

「いいけどさ、遠くに行くなら一言言っていけよ。心配するだろ」

その言葉に、白蓮は皮肉に片眉だけ吊り上げてみせる。

「ほう？　この我に危害を加えられる人間など、そうはおらぬと思うがな」

「……そうだけど！　そ、そうだ。白蓮がどっかで悪さしてるんじゃないかって心配なんだよ！」

「我は子どもか」

「うるさいなぁ。さ、朝飯にしようぜ。チーズオムレツ焼くけど、食う？　好きだろ？」

とりあえず、白蓮が戻ってきて圭寿はほっとした様子だったので、いつものようにそう好物を食べるかと聞かれた白蓮はふと微笑《ほほえ》んだ。

「まぁ、食ってやってもよいぞ」

「じゃあ食べなくていいです～」

「なんじゃ、そなたから誘ったのであろうが。さっさと二人分焼け」

いつものようにモメながら、白蓮は今しばらく、暇潰しにこのゆるゆるとした日々にたゆたうのも一興かと考えるのだった。

※この作品はフィクションです。実在の人物・団体・事件などにはいっさい関係ありません。

集英社オレンジ文庫をお買い上げいただき、ありがとうございます。
ご意見・ご感想をお待ちしております。

● あて先
〒101-8050 東京都千代田区一ツ橋2-5-10
集英社オレンジ文庫編集部 気付
瀬王みかる先生

あやかしに迷惑してますが、
一緒に占いカフェやってます

集英社
オレンジ文庫

2019年12月24日 第1刷発行

著 者 瀬王みかる
発行者 北畠輝幸
発行所 株式会社集英社
〒101-8050東京都千代田区一ツ橋2-5-10
電話【編集部】03-3230-6352
【読者係】03-3230-6080
【販売部】03-3230-6393（書店専用）
印刷所 株式会社美松堂／中央精版印刷株式会社

※定価はカバーに表示してあります

ISBN 978-4-08-680294-9 C0193